더
테이블

김범준 지음

시작하는 말 /

요리에는 모든 언어가 담겨 있다

'찬밥 신세', 그 누구의 관심을 끌 수 없는 처지, 혹은 아무도 관심을 가져주지 않는 상황을 뜻한다. 이런 때가 오지 않도록 사람들은 말하고 행동하면서 누군가에 뒤처지지 않으려 발버둥을 친다. 사실 찬밥은 지은 지 오래되어 식은 밥일 뿐이다. 나름대로의 쓰임이 분명히 있다. 그럼에도 우리는 그 쓰임새를 찾기보다는 희미해져가는 존재감으로부터 버려짐을 먼저 생각한다.

우스운 건 나 이외의 다른 모든 것을 찬밥처럼 바라보면서 자신 역시 찬밥 신세가 되고 있다는 사실은 일부러 모른 체하고 있다는 일이다. 아무리 높은 지위를 얻어도, 아무리 많은 돈을 가져도, 아무리 큰 명성을 얻어도, 왜 여전히 하루하루가 공허한지, 어떻게 이 극심한 외로움을 이겨내야 하는지 알지 못하여 밤잠을 이루지 못한다. 자신의 삶을 완성함에 있어 잘못된 과정을 거치고 있으니 그 결론 역시 허무함뿐임을 외면하고 있기에 생기는 비극이다.

누구나 찬밥이 될 수 있다. 하지만 찬밥이라고 쓰임새가 무작정 사라지는 것은 아니다. 찬밥은 찬밥으로서 나름의 역할이 있다. 그건 찬밥인 자기 자신을 돌보는 일, 찬밥인 누군가를 잘 살펴보고 알아주며 사랑해주는 일에서 비롯되며 또 완성된다. 나를 배려하고 또 나 이외의 타인을 배려하는 일에서 삶은 완성된다. 그것 자체로 행복이 될 수 있으며 또 그 행복이 우리를 잘 살아남게 만든다.

언젠가 해장국집에서 한 그릇의 국밥을 시켜놓고 무심코 메뉴판 밑에 '맛있게 먹는 법'이라는 한 줄의 지침(?)을 보게 되었다. 거기에는 이렇게 적혀 있었다.

국이 나오면 밥은 반만 넣으세요.
중간쯤 먹다가 나머지 반을 넣으세요.
한 번에 따뜻한 밥을 모두 넣으면

밥이 풀어져서 맛이 없어집니다.

찬밥에도 자신만의 쓰임새가 있다. 따뜻한 밥을 한꺼번에 넣고 맛있어지기를 원하기보다는 멀뚱히 있는 찬밥을 나름대로의 방식으로 인정해주고 또 대해줄 때 밥알이 살아 있는 맛있는 국밥을 먹을 수 있다. 그게 바로 진짜 요리며 그것을 알아내는 것이 제대로 된 요리사다.

요리는 재료를 맛있고 건강한 먹거리로 만드는 과정이다. 우리의 언어도 마찬가지다. 그런데 언젠가부터 우리는 사랑의 언어를 잃어버리고 경쟁의 언어만 갖고 산다. 나눔의 언어보다는 착취의 언어를 말하며 하루를 보낸다. 언어는 평범한 일상을, 나를 배려하고 타인을 아껴주는 삶의 기적으로 변화시키는 하늘이 준 소중한 도구다. 나 자신을 돌보고 가족을 돌보며 세상으로 나아가 나와 다른 그 누군가를 배려하는 언어를 사용할 때 나는, 우리는, 그리고 세상은 좀 더 나은 곳으로 변하지 않을까.

배려의 언어, 아름다운 언어가 인생을 맛있는 식탁으로 변화시켜 줄 것임을 나는 확신한다.

2018년을 시작하며

김범준

차례

3

세상은 나에게 달콤쌉쌀하다

4

인생, 맛있어지기 시작하는 순간이 누구에게나 있다

한 그릇의 음식 앞에서 사람은 웃을 수도 울 수도 있다

이 식탁에서 일어나기 전에 꼭 건네야 할 말이 있다

The table

1

인생의 단맛과 쓴맛,
그것을 처음 맛본 건 식탁이었다

우리는 인생의 순간마다 단맛과 쓴맛을 맛본다. 삶의 고단함을 뜻하는 쓴맛, 일상의 행복함을 의미하는 단맛, 모두 예고 없이 우리를 찾아온다. 친구와 말다툼 끝에 인사도 없이 이별한 그 장면을 떠올리면서 쓰디쓴 감정을 맛본다. 사랑하는 사람과 함께 한 저녁 식사 자리는 다디달다. 인생의 순간들을 맛으로 비유하는 것은 재밌다. 미각은 그만큼 강력하다. 인생의 좋고 나쁨을 미각에 의존할 정도로 우리의 입은 강렬한 욕망을 지녔다.

초등학교 5학년 때의 일이다. 친한 친구와 영화를 보기로 한 날이었다. 어머니는 만 원짜리 지폐 한 장을 주셨다. 그때만 해도 만 원짜리 한 장만 있으면 버스도 타고, 영화표도 사고, 다디단 과자도 먹고, 콜라 한 병까지 먹을 수 있었다. 물어물어 찾아간 극장에서 우리는 그날 전체 영화표가 이미 다 팔렸다는 씁쓸한 말을 들어야 했다. 그냥 집으로 돌아가긴 아쉬웠다. 친구와 지하철을 타고 서울 시내 여기저기를 쏘다니다가 저녁 즈음하여 귀가했다.

어머니는 된장찌개를 차려놓으셨다. 하루 종일 군것질거리만 먹었으니 입이야 심심하지 않았겠지만 속은 허하기 이를 데 없었다. 하얀 쌀밥, 그리고 작은 뚝배기에 보글보글 끓어오르는 된장찌개를 입에 넣는 순간 단맛이 묻어났다. 정신없이 밥을 먹는 나를 보며 어머니는 '온종일 군것질로 하루를 보냈으니 배가 고프겠지'라며 안됐다는 표정을 지으셨다. 그때였다. 아버지가 고개를 갸웃하신 것은.

"오늘 영화 보러 간다고 하지 않았니?"

"표가 없어서 보지 못했어요."

"엄마가 용돈 많이 주시던데?"

"그건 친구하고 다 사먹었어요."

화를 내셨다. 아직은 어린 나이였던 내가 만 원이라는, 그때 당시로는 큰돈을 쓰고서도 아무렇지도 않게 이야기하는 것을 보고 언짢으셨던

거다. 평소에 엄하기는 하셨지만 애지중지하던 첫째 아들인 나에게 화를 내는 것을 본 적이 없었기에 그 상황이 당황스러웠다. 그러는 한편으론 입속에서 달콤하게 감기던 된장찌개와 밥 한술을 어떻게 삼켜야 할지 난감했다. 그날은 단맛과 쓴맛을 한순간에 맛본 첫 번째 경험이었다.

유태인의 가정교육에 대한 이야기들은 늘 관심거리다. 얼핏 들은 얘기 중 두 가지가 기억에 남는다. 하나는 유태인 부모들은 자신들의 정신적 지주 역할을 해온 책 『탈무드』를 자녀에게 읽히게 할 때 먼저 꿀을 한 방울 떨어뜨려 자녀가 입맞춤을 하게 한다는 점이다. 『탈무드』가 인생에 있어서 얼마나 달콤한 결과를 가져다 줄 수 있는지 가르쳐주려는 의도인가 보다. 다른 하나도 상징적이다. 그들은 큰 명절 때 식탁에 몇 가지 음식을 차리곤 하는데 그중의 하나가 패배의 쓴맛을 기억하기 위해 씹는 쓰디쓴 나물이라고 한다. 오직 세상을 달게만 해석하려는 게 아니라 뼈저리게 아픈 기억들을 되새기며 발전된 미래를 향해 전진하겠다는 의지라고 생각된다.

세상은 단맛과 쓴맛의 조화로 이루어진다. 생각해보면 그런 기억들은 참 많다. 어릴 적 엄마가 만들어준 간식을 먹는 시간, 나는 참 행복했다. 하지만 그 달콤함의 기억과 함께 공교롭게도 그곳에 앉아 같이 놀던 친구에게 장난감을 빌려주지 않고 고집을 피우다가 혼날 때 느꼈던 쓴맛도 기억에 여전하다. 그렇다. 인생은 간식과 같이 달콤하기도 하지만, 엄마의 훈계나 어려운 일을 맞닥트리는 것처럼 쓰기도 하다.

우리의 삶은 식탁에서 음식을 기다리는 일과 같다. 주문했던 음식이 다디달게 나올 것을 기대하다가 예상외의 쓴맛 때문에 당황스러운 경험이 그와 같을 것이다. 그때는 세상에 주문해야 한다. 단 것을 먹고 싶다고. 주문이 되지 않으면 직접 주방에 가서 팔을 걷어붙이고 쓴 음식에 양념이라도 해서 맛있게 먹어야 한다. 싱거우면 좀 짜게, 덜 익었으면 더 익히고, 비린내가 나면 후추를 사용하고, 정 국물이 빈약하면 라면스프라도 사용하면서 말이다.

우리의 언어도 마찬가지다. 다디단 세상이 있는 것처럼 쓰디 쓴 일상도 엄연히 존재한다는 사실을 인정하고 그것을 어떻게 받아들일 것인지, 그리고 어떻게 좋은 방향으로 변화시킬 수 있을지 노력하는 데 사용되어야 한다. 우리의 말들이 나와 당신을 위한 아름다운 일상을 만드는 도구가 되었으면 좋겠다. 어느 때는 쓰기도 하지만 또 다른 어느 때는 달기도 한 이 세상을 아름답게 만드는 데에 도움이 되도록 언어를 사용하는 건 세상에 대한 예의가 아닐까 싶다.

그만둘 때가 아니다. 유턴할 때가 왔을 뿐이다

막다른 골목이 앞에 보이지만,
골목을 막아선 벽에 절망하지 않는다.
새로운 시작을 위한 유턴의 기회로 볼 뿐이다.

많이 살아왔다.

나보다 나이가 더 많은 형님과 누님들에겐 미안한 말이지만, 이 험한 세상 참 많이도, 그리고 잘 버텨냈다고 자부한다. 버티다 보니 버티는 재미가 또 쏠쏠해서 이제는 그 버티는 재미를 삶의 즐거움으로 승화시킨 것 같은 착각조차 들 정도로 삶 버티기는 나의 일상에 중독되어 버렸다.

생각해보면 내가 삶을 즐길 수 있게 된 시점은 내가 나 자신에 대해 좀 더 생각하고, 좀 더 고민하며, 좀 더 애착을 갖기 시작하면서부터 비롯되었던 것 같다. 내 몸과 내 마음. 그렇다, 나는 여기에 중독되기 시작했다.

이제 나는 '내 몸과 마음에 대한 중독'을 이상하게 생각하지 않는다. 세상의 그 무엇과도 바꿀 수 없는 가치는 바로 내 몸과 내 마음임을 알기 때문이다. 내 몸과 마음이 세상 그 모든 가치에 앞서는 건 당연하다. 물론 잊지 말아야 할 게 있다. '자제'다. '내 몸과 내 마음이 중요하다'는 것을 '내 몸과 내 마음을 아무렇게나 스스로 다뤄도 된다'라고 착각하지 말기 위해서라도 자제는 기억해야 할 생활의 지혜다.

자제는 내 몸과 마음에 대한 존중의 또 다른 표현이라는 생각이 든다. 내 몸과 마음에 대한 악착스런 존중을 위해서라도 자제가 필요하며 자제가 부족한 것은 삶에 대한 예의가 아니라는 생각이다. 그 어떤 것과도 바꿀 수 없는 내 몸과 마음에 스스로 중독되는 한편으로 여기에는 스스로에 대한 철저한 자제가 체화되어 있어야 함이 전제조건임을 늘 명심하려고 한다.

한국 프로야구에 전설적인 기록들이 몇 있다. 그중 앞으로도 깨지기 힘든 기록의 하나를 들자면 시즌 타율 4할이 아닐까 한다. 현재까지 국내 프로야구 유일의 4할 타자는 백인천이다. MBC청룡현 LG트윈스의 전신 선수 시절의 기록이다. 그는 후에 자신의 4할 타율에 대해 이렇게 말했다

"4할을 친다는 건 기술이나 실력만 갖고는 안 되는 일이에요. 관건은 오히려 야구 외적인 '바이러스'에 대한 관리죠. 페이스를 망치는 우연적인 사건, 예를 들어 술, 여자, 도박 같은 유혹들을 어떻게 이겨내느냐가 중요합니다. 선수 생활을 하다 보면 99퍼센트는 그런 유혹에 빠지는 실수를 하게 마련이에요. 좋습니다. 그럴 수 있어요. 다만 거기서 빠른 시간에 유턴할 수 있느냐가 중요합니다. 저는 야구보다 재미있는 일이 없는 중독 단계까지 갔던 것 같아요. 그게 4할을 칠 수 있는 원동력이 된 거죠."

세상의 허접한 것들로부터 벗어나는 적극적인 유턴 그리고 나의 본질적 부분에 대한 건전한 중독이 삶의 성공을 좌지우지한다는 백인천의 말에 공감한다. 다행스럽게도 이제 나는 내 몸과 마음의 가치를 최우선시하여 그것을 해치는 것들에 빠지더라도 다시 유턴하여 나올 수 있는 힘을 잘 챙겨나가고 있는 것 같다. 자제를 기르는 데에 관심을 두고 또 잘 관리하는 편이라는 생각이 든다. 나의 삶에 대한 예의다.

최근에 한 후배가 자신의 일에 대해 회의를 느끼고 몸과 마음에 상처를 받으며 괴로워하고 있는 것을 보았다. 회사에 사직서를 냈다. 회사를 떠나고 나서야 다른 길을 찾으려 했기에 그 과정에서 가족들과도 충돌이 잦았단다. 고민이 심했다고 했다. 그 친구가 나에게 와서 조언을 구했다. 나는 그저 나의 지나온 이야기들을 무심하게 해줬다. 그리고 그의 이야기를 길게 들어줬다. 들어주다 보니 이미 그 친구는 자신의 로드맵을 잘 고민하고 있음을 알았다. 응원해주고 싶었다. 그래서 건방지지만 조심스럽게 말해줬다.

"너의 삶을 그만둘 때가 온 게 아니야. 유턴할 때가 왔을 뿐이야. 새로운 길이 너에게 힘을 줄 것이라고 믿어."

멀리서나마 그 후배를 응원한다.

천천히 가는 아이에게 해주고 싶은 말

시간의 비밀을 아는 현명한 노인이 말했다.
"곤란한 일에 부딪힐 땐 그저 내일까지 기다려보시오."
시간은 사람이 해결해줄 수 없는 일을
가끔은 해결해준다.

시간에 쫓기며 살아가는 것 같을 땐 어릴 적 친구를 만난다.

초등학교 때 친구들을 만났다. 가을 무렵이었다. 전어구이를 핑계로 만났으니까 그때가 맞을 게다. 친구들은 초등학생 때의 모습 그대로다. 그게 참 재밌다. 초등학생 때 의젓했던 놈은 여전히 의젓하고, 초등학생 때 새침했던 아이는 여전히 새침하다. 그 모습 그대로를 보는 것만으로도 위로가 된다. 늘 변하라고만 윽박지르는 세상에 살아서 그런 걸까. 변하지 않고 있어도 이렇게 잘살고 있는 모습을 찾아낸 듯한 뿌듯함이 있다. 변하지 못함을 탓하기 보다는 변하지 않고 잘 견뎌낸 일상의 나날들에 오히려 박수를 쳐주고 싶은 순간이다.

세상의 수많은 며느리들을 홀린다는 전어라지만, 개인적으로 전어로 만든 회는 그저 그렇다. 일단 식감이 텁텁하다. 고소하다고 하는데 나에게는 비릿하다. 씹는 맛도 별로다. 하지만 전어구이는 좋아한다. 고등어와는 다른, 삼치와는 또 다른, 그 '불맛' 가득하게 고소한 맛은 술을 좋아하지 않는 나도 소주 한두 잔을 하게 만드는 매력이 있다. 친구들과의 왁자지껄한 대화도 안주처럼 꼭 껴야 한다.

아마 전어구이를 두세 번 추가하여 굽고 난 후였을 거다. 무작정 다 커버린 중년 남녀가 만나서 대화를 하면 무슨 주제가 나올까. 뻔하다. 휴가 때 놀러간 동남아의 한 리조트 이야기, 지난 주말, 닭볶음탕을 맛있게 했던 맛집 이야기, 작년에 바꾼 차 이야기 등 들어봐야 아무런 쓸모도 없는 비생산적인 일화로 가득하다. 그리고 더 뻔한 게 있으니 바로 대화의 끝이 늘 다 키워놓은, 혹은 한참 키우고 있는 아이들 이야기라는 점이다.

한참 아이들이 커가고 있는 나이기에 이런 말들이 나오면, 뻔한 얘기를 들을 거라는 무심함 속에서도 귀를 기울이게 된다. 말 잘 듣는 아이, 공부 잘하는 아이의 얘기도 재밌지만 (한편으로 부럽기도 하고) 엄마, 아빠 속을 썩인다는 아이들, 예를 들어 다른 아이들하고 싸움질이나 하고 공부보다는 그 밖의 것에 관심이 있는 아이들 이야기에 좀 더 관심이 쓰인다. 겪고 있는 일 혹은 겪을 일에 대해 간접체험 하는 기분이랄까.

그러던 중 중학교 다니는 아들과 딸을 둔 한 친구가 아이들과 대화가 안 되어서 고민이라는 얘기를 꺼냈다. 도대체 할 말도 없고 무슨 말을 해도 아이들은 무반응이라는 말과 함께. 어떤 말로 대화를 시작해야 할지 모르겠다는 친구의 말에 "이미 늦었다", "그래도 너를 믿는다" 등의 말로 시작해보라고 주위의 친구들이 충고를 했다.

"너를 믿는다"는 말에 대해선 의외의 반응도 나왔다. 누군가 '너를 믿는다는 말이야말로 듣는 사람 입장에서 제일 무서운 말'이라는 거였다. 중고등학생들이 부모로부터 듣기 싫어하는 말로 "아빠

인 나는 너를 믿어"와 같은 '무작정 신뢰'의 대화법이 손꼽혔단다. 한 친구가 농담처럼 한마디 했다.

"맞아. 누가 나에게 '너를 믿어'라고 하면 난 바로 '아니야. 나 절대 믿지 마라'고 할 거야."

친구들 사이에 웃음이 터졌다. '맞아, 누군가 나에게 그렇게 믿는다는 말을 하면 정중하게 거부할 거야'라는 표정들이 가득했다. 세상의 말들이 믿음을 핑계로 강요를 해왔음을 온몸으로 느끼며 살아왔기 때문이리라.

그렇다면 우리는 아이들과의 대화를 포기해야만 하는 걸까. 그건 아니지 않은가. 이때였다. 이른 나이에 결혼을 해서 이미 대학생 아들을 둔 친구가 휴대전화를 한참 들여다보더니 행복 가득한 미소를 지으며 자랑스러운 얼굴로 웃었다. "뭐, 좋은 일 있어?"라는 말에 그 친구는 자신에게 온 문자메시지를 보여준다. 그 친구가 우리가 얘기하는 도중 자신의 아들에게 "혹시 엄마로부터 들은 말 중에서 기억에 남는 따뜻한 말이 있었니?"라고 문자메시지를 남겼는데 그 후에 바로 답장을 받았던 것이다.

"고2 여름방학 때 엄마가 나에게 말해줬던 거. 아마 이랬을걸? '너는 원래 천천히 가는 아이니까 다른 아이들과 속도를 맞추려고 너무 애쓰거나 힘들어 하지 않아도 돼' 맞아, 그거."

'빠르다' 혹은 '늦다'라는 것, 어쩌면 고작 몇십 년을 먼저 살아 본 사람들이 젊은 친구들에게 함부로 던지는 말의 폭력이 아닐까. 세상이 원하는 그 무엇인가가 되겠다고 나에게 주어진 시간을 쓰는 것 이상으로 내가 원하는 세상을 만들기 위해 조금씩 노력하는 나를 위한 시간을 발견하지 못한 어른들의 못난 말이 아닐까.

기다려주고 또 지켜봐주는 나의 눈길과 말들이 누군가에게 큰 위로가 될 수 있음을 알고 있어야 한다. 부성애, 그리고 모성애의 진정한 성취는 어린아이 그 자체에 대한 부모의 사랑이 아니라 어린아이가 성장하는 그 모습을 지켜봐주는 부모의 사랑으로 이루어지니까 말이다. "너는 원래 천천히 가는 아이니까 지금 아주 잘하고 있는 거야"라고 응원하는 부모의 말이야말로 부모가 해줄 수 있는 사랑의 말 중에서 최고의 말이 아닐까.

여명이 트기에 앞선 어둡고 침침한 이른 아침, '실패의 시간'

실패는 구별할 줄 알게 한다.
실패는 집중할 줄 알게 한다.
실패를 통해서 우리는 더 강한 사람이 된다.

그는 늘 웃고 있었다.

그래서 그 웃음 뒤의 수없이 많은 실패담, 그러니까 아이를 잃었고, 아내와 헤어졌으며, 다니던 회사를 타의로 그만두었던 시간들이 숨어 있었다는 것을 알기 힘들었다. 40대 중반이라고는 생각할 수 없는 동안童顏의 그였기에 더욱 몰랐나 보다. 이제야 보인다. 얼굴의 틈새 사이사이로 만만치 않게 세상과 충돌하던 시간들이 말이다.

그는 담담했다. 모든 것을 잃어버렸던, 외면당했던 그 시간들에 대해서 겸손했다. 고통의 시간들은 여전히 자신을 슬프게 하지만 한편으론 굳건하게 자기를 지키는 힘이 되었다고 말했다. 뜨거운 수건으로 잘 감싼 수염 그 자체만으로도 절반은 면도가 되는 셈이라고 말하면서 말이다. 어려웠던 일들을 '뜨거운 수건으로 잘 감싼 수염'이라고 하는 그의 표현에서 인생에 대한 달관자적 시각이 느껴질 정도였다.

물론 그는 여전히 힘들다. 하지만 당당하다. 그리고 잘 잊고 지낸다. 그는 '당당할 때 잘 잊을 수 있다'는 것을 알고 사는 사람이다. 그는 자신의 마음을 살펴보고 그 살핌 가운데 자신을 찾아내어 잘 살아갈 원동력을 찾는 법을 아는 것만 같다. 세상의 어려움을 이겨내고 있는 자신에게 끊임없이 위로와 격려, 그리고 응원을 해주는 그의 모습이 대견했다.

그는 요즘 담담하게 자신의 글을 쓰며 지낸다고 했다. 쓴 글보다 더 겸손하게 자신의 이야기를 남들과 나누는 데에도 적극적이라고도 한다. 이야기를 나누는 가운데 자신의 참담한 고통을 벽돌로 만들어 오히려 자신의 연약한 마음을 돌보는 성곽으로 가다듬는단다. 외부로부터 자신을 막는 벽이 아닌 자기 자신의 마지막 남은 자아를, 격동하는 환경 속에서 잘 보듬기 위한 벽으로 말이다.

그는 말했다.

"글을 쓰고, 이야기를 나누는 것, 저에게는 모두 실패한 후의 마지막 도전이었다고 생각합니다. 성공했죠. 지금 이렇게 잘 살아가고 있으니 말이죠. 물론 이 도전이 실패했다면 저는 다른 도전을 위해 지금도 힘쓰고 있을 것 같아요. 마지막이라는 건 언제나 그렇듯이, 시작하기 전에는 그것이 마지막인 줄 알 수 없는 것이니까요."

나는 인생을 살아가는 그의 모습 속에서 오늘 하루를 잘 살아야 할 이유를 찾아냈다.

'모두 실패한 후의 마지막 도전.'

'모두 실패'란 말을 인정하지 않는 그의 의지는 결국 인생을 자신의 것으로 만드는 성공의 기술이었다. 그렇다. 실패에 마지막은 없다. 실패는 성공을 한 뒤에 비로소 마지막이 될 뿐이니까.

세상에서 늘 도전받는 것이 일상사인 실패를 자신의 부족함으로, 자신의 무능함으로, 자신의 연약함으로 탓하고 좌절하며 그만두는 사람들이 얼마나 많은가. 그 대신에 실패를 '영예로운 실패'라고 자부하면서 성공의 바탕으로 쌓아가는 여유를 발휘하는 것,

그게 바로 나의 인생에 대한 예의라는 생각에 이른다. 조용히 다짐한다.

'오늘은 어제 실패했던 내가 마지막 도전을 할 수 있는 소중한 시간이다.'

기댈 수 있는 사람에게 잘 기댈 수 있는 지혜

세 명의 자녀가 아버지를 돌보는 것보다,
한 명의 아버지가 세 명의 자녀를 돌보는 공이 더 크다.
아버지는 늘 그렇게 우리의 곁에서
우리의 말을 기다리신다.

멀리서 내 아이를 볼 때마다 괜한 설렘이 느껴진다.

해가 긴 여름날, 퇴근하고 집에 오는 길은 아직도 훤했다. 아파트 단지 내로 들어섰다. 나무 그늘이 시원했다. 아파트 사이의 작은 길을 지나면 단지 내 놀이터가 있다. 막내가 얼핏 보인다. 열 살이 되었다고 부쩍 아빠의 손길을 거부하는 (자기 몸에 손대지 말라고) 여자애다. 나도 모르게 생기는 '아빠 미소'에 얼굴 근육 당김 현상을 느낀다. 아이가 나를 보지 못하도록 작은 나무 뒤의 벤치에 앉았다. 아이가 노는 모습을 물끄러미 쳐다본다.

하루를 마무리하는 마음이 편했다. 뻑뻑했던 목을 이리저리 돌리면서 피로를 풀어내려고 했다. 하늘을 보면서 등의 근육이 팽팽하도록 스트레칭도 했다. 손목도 털어보고 다리를 쭉 뻗으며 기지개도 폈다. 한숨이 나왔다. 힘들고 괴로워서 나오는 한숨이 아닌 오늘 하루도 잘 살아냈다는 안도의 한숨, 휴우.

놀이터에서 작은 소란이 느껴졌다. 막내와 함께 놀던 친구 옆으로 같은 반 친구처럼 보이는 남자애들이 몇 명 보였다. 뭔지 모르겠지만 막내와 막내의 친구에게 장난을 걸어대는 것 같았다. 덩치는 더 작은 남자아이들이지만 그래도 남자아이라고 팔짝팔짝 뛰면서 시비를 건다. 아이들이란, 참.

그런 생각도 잠시, 분위기가 조금 험악해진다. 막내의 친구는 남자아이의 어깨를 밀치며 저리가라고 하고 남자아이들은 자신들의 우월한 숫자를 내세워 결코 그냥 물러서지 않는다. 아이들 사이에 긴장감이 돌았다. 땡볕에 해가 지도록 노느라 발갛게 그을린 아이들의 얼굴이 붉으락푸르락했다. 이제 아빠인 내가 아이들을 진정시킬 차례인가, 벤치에서 일어서야 하나, 고민할 때였다.

막내가 남자애들을 향해 카랑카랑하게 한마디를 던진다.

"우리 아빠한테 이를 거야!"

순간 다시 벤치에 앉아버렸다.

그리고 어디선지 모를 미소를 참느라, 그리고 그런 미소를 보이는 나를 아이에게 들키지 않으려고 놀이터를 빙 돌아 집으로 가느라 힘들었다. 뿌듯했다. 그렇구나, 상처 받은 아이의 마음에 내가 도움이 될 수도 있구나. 아무것도 아니지만, 내세울 것도 없지만, 그래도 아빠라는 존재 자체가 아이에게 위로가 될 수도 있구나.

문득 이런 생각에 이르렀다.

나는 나의 아버지에게 무엇인가 '이를 생각'을 하지 못했다. 고등학교 때부터였을까, 대학교를 들어가서부터였을까, 사회에 진출해서였을까. 그것도 아니면 결혼하여 애를 낳고부터였을까.

왜 나는 아버지에게 기대려고 하지 않았을까.

왜 나는 아버지에게 세상의 힘든 일을 숨겼을까.

왜 나는 아버지에게 나의 불안과 고민을 얘기하지 않았을까.

죄송한 마음이 들었다. '나에겐 나의 얘기를 듣고 싶어 하시는 아버지가 계셨는데…'라는 생각이 들었다. 왜 대화의 문을 닫고 있었을까. 아버지 없이도 혼자 세상 모든 일을 잘 이겨내는 아들의 모습을 보여드리고 싶어서였을까. 잘 모르겠다. 하여간 오늘 밤엔 그게 무엇이든지 관계없이 나의 아버지에게 무엇인가 일러버려야겠다.

나는 아무것도 아닌 것이 아니다

함께 있을 때는 그의 큰 힘이 느껴졌다.
떠난 그의 빈자리에서도 그의 존재가 느껴졌다.
그는 인격의 힘으로 나에게 영향력을 주는 그런 존재였다.

그 선배는 늘 나를 괴롭혔다.

졸업 무렵 수없이 많은 원서를 썼다. 한 곳에서 인턴십을 할 수 있게 되었다. 도대체 뭔지 모를 회사에서 겪는 낯선 경험들 속에서 매일 느끼는 당혹감으로 우왕좌왕했다. 그래도 선배들이 있었다. 그들은 어려움을 겪는 나를 때로는 인자하게 때로는 엄격하게 도왔다. 행운이었다. 입사에 성공했으니 말이다. 그리고 그 선배를 만났다.

직속 선배였다. 나보다 여덟 살 많았다. 진한 사투리를 쓰던 그는 부서 배치를 받던 첫날부터 나에겐 '악마'였다. 숨을 못 쉴 정도였다. 특히 나의 태도가 조직 생활의 기본적 예의와 어긋날 때는 가만있질 않았다. 고개만 까닥하는 인사를 어디서 배웠느냐며, 선배로부터 술잔을 받으면서 다른 사람을 쳐다보는 무례함은 도대체 무엇이냐며 나무랐다.

업무에 있어서는 말할 것도 없었다. 보고서의 오탈자에 대해 나무라지는 않았다. 하지만 고민의 흔적이 보이지 않는 보고 내용에 대해서는 불호령을 내렸다. 관련 부서와 회의를 할 때 나의 의견을 말하지 않으면 '회의에 참석하는 자세'를 언급하며 또 한소리를 했다. 힘들었다. 정말.

1년여를 그분 밑에서 일했다. 속된 말로 '들들 볶이며' 생활했다. 불행 끝 행복이 왔다. 그가 이직을 한다는 거였다. 지금 다니는 회사와는 비교도 할 수 없을 만큼 큰 글로벌 기업이었다. 관련 분야의 전문가로 대우받으면서, 연봉도 훌쩍 올리면서 가게 됐단다. 부러웠다. 하지만 실력 하나는 무시할 수 없는 사람이라 나를 떠나는 것만으로도 (이것만으로도 얼마나 기쁜가!) 위안을 삼았다.

급하게 이직이 결정되었나 보다. 불과 보름 남짓하여 선배는 짐을 꾸렸다. 마침 내가 일주일 내내 사원 교육으로 사무실을 떠났던 터라 그가 짐을 꾸리고 또 업무를 인수인계하는 과정을 보지 못했다. 다만 삼겹살에 소주 몇 병을 놔둔 그 선배의 송별회에는 참석한 기억이 난다. 왜 그랬던지 "선배님, 잘 지내십시오"라는 미지근한 말 한마디 이외에는 송별회 장소에서 특별한 얘기를 나눈 기억도 없었다. 뭔가 나에게 해주고 싶은 말이 있는 것처럼 느껴지는 선배의 눈길을 의식적으로 외면한 기억도 나긴 한다.

그가 회사를 떠나고 며칠 뒤의 일이다. 대학의 선배로 다른 누구보다도 친하게 지내던 옆 팀의 과장님과 점심시간을 함께했다. 나른한 점심 식사를 끝내고 건물 옆 으슥한 곳에서 담배 한 대를 나눠 피웠다. 이런저런 이야기를 하던 중에 그가 아차 하며 나를 보더니 미소를 짓는다. 회사를 떠난 선배가 자기한테 나에 대한 말을 이렇게 했더란다.

"우리 신입 사원 알지? 응, 그 친구 말이야. 누구보다도 미래에 조직을 이끌 만한 의지와 능력을 갖고 있으니 잘 보살펴줘. 내가 이런 말할 자격이 있는지는 모르겠지만 나보다 모든 면에서 훨씬 나은 친구야. 실패를 두려워하지 않는 모습, 항상 긍정적으로 쉽

없이 전진하는 모습은 나를 부끄럽게 해. 나도 한때는 그랬었나, 생각해보지만 아니었던 것 같아. 부족했고 그런데 게을렀고. 주위 선배들은 내가 그냥 잘한다고만 해줬으니 특별히 뭘 더 열심히 할 생각도 없었고. 직장 생활 10년도 코앞인데 신입 사원을 보면서 내 마음을 다잡는다니까."

나를 그토록 괴롭혔던 (내가 그렇게 느꼈던!) 이직한 선배가 그렇게 말했다니, 민망해졌다. 부끄러웠다. 당혹스러워하는 나를 보는 체 마는 체 하며 대학 선배는 계속 말을 이어갔다.

"아무리 후배이고 나보다 어리지만 존경스러울 뿐이야."

온몸이 조그맣게 오그라드는 나를 발견했다. 내가 늘 귀찮다고 여기던 사람의 입에서, 나를 괴롭히는 사람이라고 생각했던 사람의 입에서, 얼른 다른 부서로 가버렸으면 하는 사람의 입에서 나온 말이라니. 아무것도 아닌 나로부터 '존경'을 말할 수 있다는 그 넉넉함이라니. 그에 대한 나의 짧았던 생각에 눈물이 날 지경이었다.

나는 껍데기였다. 나는 아무것도 아닌 것에 불과했다. 껍데기는 자신이 껍데기인 줄도 모르고 자신만의 세상에 갇혀 살기 쉽다. 하지만 그는 껍데기에 불과했던 나를, 아무것도 아닌 것에 불과했던 나를 진심으로 인정해준 사람이었다. 껍데기가 아니라 알맹이를 발견해야 함을, 아무것도 아닌 것이 아니라 아무것도 아니지 않다는 것을 깨우치도록 도와준 사람이었던 거다.

오늘, 그 선배가 보고 싶다. 그의 큰 힘은 함께 있을 때는 잘 모르고 지나갔다. 이제 떠난 그의 빈자리에서 오히려 거의 더 큰 힘이 느껴진다. 그는 인격의 힘으로 나에게 영향력을 주는 그런 존재였나 보다. 그렇다. 그는 사회생활 속에서 나를 인정해준 첫 번째 사람, 내가 모르는 나의 잠재 능력을 찾아내려고 대신 노력해준 사람, 내가 성장할 수 있도록 항상 내 곁에 있어준 사람이었다. 나는 행운아였다.

'하고 싶은 이야기가 많다'는 축복에 대하여

누군가의 이야기를 들어줄 수 있다는 것은,
누군가를 그리워할 줄 아는 능력이 있다는 말과 같다.
누군가에 대한 그리움을 간직하고 기다릴 줄 아는 사람은 행복하다.

퇴근길은 유난히도 유쾌하다.

금요일 저녁, 퇴근 시간이다. 엘리베이터에 가득한 사람들의 이야기를 들으면서 돈을 번다는 것의 지루함을 느낀다. 어제 퇴근길에서도 그랬다. 30대 중후반의 여성들이 6층에서 우르르 탔다. 1층으로 내려가는 그 짧은 순간 (물론 층마다 다 서긴 했지만) 한 여성의 말에 침묵 속의 엘리베이터 안에 잔잔한 웃음이 번졌다.

"난 정말 토요일만 기다리면서 악착같이 살아간다니까!'

나도 슬며시 미소를 챙겼다. 맞아. 일주일에 한 번 쉼표를 찍는다는 것이 우리에게 얼마나 행복감을 주는지에 대해 공감했다. 이런 쉼표를 만들어내기 위해 우리는 고단한 밥벌이에도 좌절하지 않는다. 하지만 그렇다고 해서 '월화수목금'을 무작정 버틴다는 것도 슬프다. 할 수만 있다면 월화수목금 중 어느 한 순간, 아니 몇 순간 정도는 자기 나름의 쉼표를 만들어내야 좀 더 잘 살 수 있다. 행복은 강도가 아니라 빈도라고 하지 않았던가!

월요일부터 금요일까지의 시간 속에서 나 역시 나름대로 쉼표를 만들기 위해 노력한다. 춤도 배워봤고, 카페를 다니면서 하루의 피로를 풀기도 했다. 골프 연습장도 다녀봤고, 영화를 본다고 동호회도 들어갔다. 지금은? 가능하면 책으로 쉼표를 만든다. 예를 들어 한 권의 책을 읽고 함께 이야기해보는 모임, 즉 독서토론 모임에 참석하는 것이다.

페이스북이건 네이버 카페건 검색창에 독서 토론 혹은 독서 모임 등을 치면 수없이 많은 오프라인 만남의 기회들이 나온다. 그런 곳을 여유롭게 찾아다닌다. 마음에 쏙 드는 모임이 있는가 하면 가자마자 별로라고 느끼는 곳도 많다. 실망에 집중하기보다 새로운 것을 알게 되는 두근거림에 관심을 두려고 한다.

열정적인 사랑을 온몸으로 느낄 수 있는 『젊은 베르터의 고뇌』

를 읽고 함께 이야기를 나누는 모습은 생각만으로도 설레는 일 아닌가. 선과 악의 갈림길에서 한 인간의 고뇌를 다룬 『바다와 독약』을 토론하면서 나의 삶이 어디쯤에 위치해 있는지를 돌아보는 것은 보람되지 않은가. 남들이 오직 주말만을 기다릴 때 평일 저녁의 한두 시간을 책과 토론으로 만들어내는 건, 인생을 통틀어 내가 했던 탁월한 선택 중에서도 손꼽을 일이다.

이런 모임은 나를 억지로 증명할 필요가 없는 공간이어서 좋다. 내가 못난 모습을 보여줘도 그다지 문제가 될 것 없다는 데에 매력이 있다. 설령 나의 모습을 보고 모임에 참석한 사람이 평가를 하거나 뒷담화를 한다고 해도 나는 모를 가능성이 크며, 또 안다고 해도 '뭐, 여기만 모임인가?' 하면서 다른 곳으로 가면 그만이다.

특히 토론이라는 것은 누군가의 말을 잘 들을 줄 모르는 나의 부족함을 메워주는 결정적인 기회이기도 한다.

언젠가 『안나 카레니나』의 책을 읽고 토론하던 때의 일이다. 예닐곱의 사람들이 모여 책에 대한 자신의 단상을 이렇게 저렇게 얘기하는 데 유독 한 사람만이 말을 많이 했다. 자신의 의견을 말하는 건 좋지만 뭐 저리도 길게 말하는 거지, 라며 다른 사람들의 얼굴에 불만이 조금씩 생길 때쯤이었다. 결국 누군가가 한마디를 쏘아 붙였다.

“그래서요, 도대체 결론이 뭐예요. 너무 말이 긴 것 아닌가요?”

분위기가 싸했다. 말하던 사람은 말문이 막힌 채로 미안하고 당황하는 표정을 지었다. 이때였다. 모임의 진행자가 나섰다. 미소를 지으며 편안한 목소리로 말이다.

“괜찮아요. 할 이야기가 많다는 건 축복이죠. 우리 조금만 더 편하게 들어주면 어떨까요?”

누군가 말을 하고 싶어 한다는 건 어쩌면 자신만의 공간을 찾았다는 것으로도 볼 수 있다. 세상 어딘가에서 누군가의 말을 들어야만 하는 입장이기에, 자신의 말이 영향력을 미치지 못하는 그런 상황 속에서만 생활했기에 독서 토론과 같은, 비공식적인 장소에서만이라도 자신을 드러내고 싶었을 터다.

나는 왜 그런 사람의 마음을 이해하지 못했던 걸까. 한 사람의 마음이 담긴 말을 듣는다는 것은 누군가의 삶을 엿볼 수 있는 기회인 셈이다. 한 사람의 인생이 그의 말 속에 집약되어 나온다면 이를 계기로 사람에 대한 관찰의 힘을 기르고 공감의 능력을 키우는 기회로 삼을 수 있는데 나의 생각과 다르다고, 내가 말할 시간이 없다고, 함부로 상대방을 평가하는 성급함만큼 저급한 일이 또 있을까.

좋은 분위기에서 모임이 끝났다. 귀갓길을 재촉하는 그 순간 그 '할 말 많으셨던 분'이 진행자에게 조용히 말하는 걸 얼핏 들었다.

"제가 말이 길었어요. 다만 앞으로는 듣는 분들도 잘 살펴보며 이야기하겠습니다. 중간에 잘 말씀해주셔서 마음이 편했습니다. 고맙습니다."

귀갓길 밤거리가 유난히 편했다.

세상을 따뜻하게 하는 '그냥'이라는 말

산다는 건,
날마다 새로워지는 일이고,
그와 함께 괜찮은 자기 자신을 발견하는 과정이다.

꼭 이유가 있어야 할까.

오늘도 수많은 일들이 일어난다. 그 대다수는 이유가 없다. 아니 없어 보인다. 이유를 찾아내려면 찾아낼 수야 있겠지만 굳이 그럴 만한 시간도, 그리고 여유도 없으니 이유가 없는 것으로 받아들이는 편이 낫겠다. 이유를 모르기에 오히려 생활에 취해서 살아갈 수 있는 것인지도 모르겠다. 일어나는 모든 일에 대해 이유를 알게 되면 얼마나 피곤할까.

어쨌거나 이유 없는 일들은 내 일상 여기저기에 묻어난다. 안타깝게도 그 이유 없는 일들을 머리에 떠올리면 대부분 그리 좋지 않은 기억이라는 게 문제다. 이런 경우, 많이 당해보지 않았는지….

이유 없이 화를 내는 사람.
이유 없이 나를 헐뜯는 사람.
이유 없이 나에게 거짓말을 하려는 사람.
이유 없이 인상을 쓰면서 나를 쳐다보는 사람.
이유 없이 나를 '툭' 치고는 사과 한마디 없이 가버리는 사람.

그렇다. 이유 없는 일에는 꼭 누군가 한 사람이 등장하기 마련이다. 물론 요즘에는 엘리베이터에서 갑자기 개가 물어서 사람이 다치거나 억울하게는 죽기도 하니 그건 개와 사람의 문제다, 라고 할 수 있겠지만 그것도 엄밀히 따지면 개를 잘 관리하지 않은 '누군가'가 배후에 있으니 그 역시 사람과 관계된 일이긴 마찬가지다.

이렇게 써놓고 보니 이유 없는 일은 무조건 부정적인 것에만 연결되는 느낌에 마음이 팍팍해진다. 이유 없는 일은 정말 우리의 마음을 닫게 만들고 분노케 만드는, 그런 것들밖에는 없을까. 이유 없는 우정, 이유 없는 사랑, 이유 없는 칭찬, 이유 없는 응원 등 이런 '이유 없음'을 찾아볼 수는 없는 걸까.

열심히 살아가는 한 후배가 있다. 가까운 곳에 있기에 늘 지켜보는 편이다. 요즘 연애에 한창이다. 남들에 비해 ('결혼 적령기'라는 케케묵은 개념으로 굳이 판단하자면) 늦은 나이지만 상대방이 퍽이나 마음에 들었는지 결혼 생각도 제법 진지하게 한다. 그래서일까. 가끔 나에게 연애 상담을 요청하기도 한다.

"형, 그 친구의 마음을 도대체 모르겠어요."

이런 물음에 나는 "내가 여자의 마음을 어떻게 안다고 나에게 물어보냐. 난 잘 모르겠다"라며 피해간다. 그래도 연애가 한창인 후배를 바라보는 나의 마음은 흐뭇하다.

며칠 전이었다. 이 후배와 술자리를 하게 됐다. 이런저런 얘기를 하다가 화제를 슬쩍 자신의 여자 친구에 관한 얘기로 옮겨간다. 얼굴이 밝은 것으로 봐서는 뭔가 자랑하고 싶은 것 같았다. 분위기로 봐서는 여자 친구를 100퍼센트 자랑하려는 타이밍이었다. 편안하게 들어주기로 했다. 아니나 다를까. 30분 넘게 자신의 여자 친구에 대한 자랑이 이어졌다. 잘 챙겨주고, 편하게 대해주고, 자신을 인정해주고… 등. 솔직히 좀 지겨워졌다. 속으로 생각했다.

'그래, 잘났다. 이제 소주나 마시자.'

더 이상 여자 친구 얘기를 하지 못하게 하려고 한마디 던졌다.

"그런데 말이야, 도대체 너의 뭐가 좋대? 내가 볼 땐 별론데, 너."

농담을 넣어 퉁명스럽게 던졌다. 그런데 이 친구, 갑자기 진지해진다.

"형, 그러게 말이에요. 제가 최근에 여자 친구의 한마디에 감동받았잖아요!"

"무슨 말을 들었는데?"

"물어봤어요. '나 솔직히 잘나지도 않았는데 왜 나를 좋아하느냐'고요."

"뭐라고 해?"

"'그냥'이래요."

"뭐, 그냥?"

"네. 그냥요. 그냥 제가 좋대요. 별 이유가 없지만 그냥 이 남자다 싶었대요."

"그래서 넌 뭐라고 했어?"

"저도 그랬어요. '나도 그냥 네가 좋아'라고 했어요. 정말 그냥 모든 게 좋았거든요."

좋을 때다.

그리고 부러웠다. 누군가 아무런 이유 없이 나를 좋아한다는 것, 그리고 그런 자신의 마음을 '그냥'이라는 표현으로 해주는 것을 듣는다는 것, 그보다 더 기분 좋은 일들이 또 어디 있을까. 이유 없이 좋다는 의미로 사용된 '그냥'이라는 말은 또 얼마나 예쁜가. 그냥이라는 누군가의 말을 통해 일상 속에서 자신의 가치를 발견하는 일은 또 얼마나 기쁜가.

그렇다.

'이유 없음'에도 기쁨과 행복, 편안함과 따뜻함, 그리고 사랑이 있을 수 있다.

그래서 '그냥'이라는 말이 '그냥' 좋아지기 시작했다.

누군가의 이야기를 들어줄 수 있다는 것은,
누군가를 그리워할 줄 아는 능력이 있다는 말과 같다.
누군가에 대한 그리움을 간직하고 기다릴 줄 아는 사람은 행복하다.

2

그 음식, 말하면 설교,
글로 쓰면 위로

늙음은 이미 몸 여기저기서 나타나고 있었다.

불현듯 거울을 보다 깜짝 놀란다. 언제 흰머리가 이렇게나 늘었지? 그리도 하기 싫던 염색을 하기 시작한 지 벌써 1년 째. 염색 주기는 점점 짧아진다. 처음에는 호기롭게, 그래도 이름 있는 미장원을 찾아가 염색을 했다. 비쌌다. 5만 원이 넘는 염색 비용은 부담스러웠다. 결국 동네 미용실의 1만 원 조금 넘는 염색을 한 지 오래다. 염색하는 거, 부끄럽다. 누군가에게 나의 늙음을 들키고 싶지 않다.

뱃살도, 주름도, 한숨도 함께 늘었다. 웃음기는 사라졌고 뱃살은 늘어지고. 영락없이 허물어져가는 중년의 남자가 되어가고 있다. 2년 전 건강검진 결과를 듣는데 의사 선생님은 "우유를 조금 드셔보시죠. 골다공증 가능성이 있어서요"라 하셨다. 골다공증? 그건 나이든 여자분들이 걸리는 병 아닌가. 그뿐인가.

'몸이 100냥이라면 눈이 90냥'이라는 속담이 있다. 그런데 내 눈, 마흔을 넘어선 지 얼마 되지도 않아 노안이 왔다. 언젠가 지하철을 탔다.

사람이 꽉 찼다. 더러운 냄새 풀풀 풍기는 허접한 남자가 아니라 깔끔하게 차려입은 젊은 여성이 내 뒤에 서 있었다. 여느 때처럼 스마트폰을 꺼냈다. 평소 보던 프로야구 중계나 핫한 걸그룹 가십거리 대신 경제와 정치 뉴스를 읽었다. 내 뒤에서 잠시라도 내 스마트폰을 훔쳐볼 아가씨를 향해 '나는 잡스런 게임이나 하고 영양가 없는 루머를 읽는 데 시간을 소비하는 놈은 아니라고!'하며 폼 잡고 싶었다.

그런데 나도 모르게 스마트폰을 내 눈에서 멀리 하고 있는 것을 스스로 발견했다. 아차, 하는 순간 뒤의 여성이 '풉!' 하며 헛웃음 소리를 냈다. 자존심 상했다. 그녀는 자신의 스마트폰을 보며 재미있는 웹툰을 보고 웃었겠지만, 나에겐 '젊어 보이는데 벌써 우리 아빠처럼 글자를 떨어져서 보네?'라는 비웃음처럼 들렸다.

나는 이대로, 그리고 이렇게, 물러서는 걸까? 무엇으로 이 늙어가는 몸을 막아볼까. 아니 늙어가는 것을 지연시켜볼까? 블루베리가 눈에 좋다고 했던가? 양파즙이 괜찮다던데? 기력이 허하면 한의학에서는 사물

탕인가 뭔가를 먹어보라고 하던데? 아니면 마늘 주산가 뭔가 하는 영양제를? 그때 이런 생각이 들었다.

'가까운 것이 희미해져간다는 건, 이제 조금 멀리 바라보라는 말이 아닐까? 그동안 나만 알고 지냈다면, 나만 잘났다고 시간을 보냈다면, 나 이외의 다른 사람에 대해 생각해보고 나눠주고 또 돌봐주라는 말이 아닐까? 나의 짧은 생각을 말로 내뱉고 그 반응이 오기를 기다리느라 힘쓰는 것은 이제 그만하고 남의 생각을 들어주고 선부른 말 대신에 따뜻한 글 한 줄이라도 나누라는 말 아닐까? 아무리 좋은 음식이라도 이것 좀 먹으라며 윽박지르면 설교지만 그것을 작은 메모지에 써서 먹어볼래, 하고 말하는 여유는 위로임을 기억하라는 말이 아닐까?'

늙음을 오직 내 몸에 대한 경계의 신호로 보기보다는 나 이외의 타인과 나눔을 즐길 수 있는 시간임을 알려주는 기회의 시그널로 여겨야겠다. 좋은 말, 그리고 착한 글, 어제보다 하나라도 더 나눌 수 있는 그런 사람이 되어야겠다. 그래, 스스로 그런 사람이 되길 기원하며.

내 인생의 영원한 친구를 찾았다

일상 속에서 우리는 늘 새로운 친구를 만들어야 한다.
그것을 소홀히 하면 곧 고립된 자신을 발견할 수밖에 없다.
다만 최고의 친구란 바로 자기 자신임을
절대 잊어서는 안 된다.

네 친구가 누구인지 말해보라. 그러면 네가 어떠한 사람인지 말해주겠다.

이런 말, 참 많이 들어왔다. 어렸을 적의 우리 부모님들이 특히 비슷한 말을 많이 하셨다.

"공부 잘하는 애하고 사귀어야 해."

"재는 공부를 못하지 않니. 다른 친구를 만나야지."

지금 생각하면 참 잔인한 말이 아니었나 싶다. 친구란 공부를 잘하고 못함의, 잘살고 잘살지 못함의 문제가 아니지 않은가. 내가 힘들고 어려울 때 나의 편을 들어주고, 내가 옳을 때는 응원해주는 누군가라면 얼마든지 친구가 될 수 있지 않은가. 모든 것을 세속적인 가치로 저울질하는 편견들이 친구라는 친밀하고 따뜻한 단어를 망치고 있는 건 아닐까, 하는 생각을 해본다. 그런데 우리가 놓치고 있는 '정말 괜찮은 친구'가 있다.

바로 '나 자신'이라는 친구다. 누군가 나에게 이렇게 말했다.

"너 자신이야말로 너의 인생에 있어 최고의 친구야!"

이런 말을 들었다면 나는 당장 '남의 일에 신경 쓰지 말고 너나 잘하라'는 말을 할 듯하다. 뭔가 말 같지도 않은 말인 것처럼 느껴지기도 하고, 괜히 내 인생에 참견하는 것 같은 생각도 드는 말이 아닐 수 없다.

그런데 '당신 자신이야말로 당신 인생의 영원한 친구다!'라고 말한 사람(?)이 기계였다면?

작년 겨울이었을 거다. 와인을 함께 공부하는 사람들이 모여 송년회를 했다. 사람들의 웃고 즐기는 모습이 따뜻하고 유쾌했다. 술을 거의 못 마시는 나지만 그래도 조금은 느슨하게 연결된 이런 모임은 늘 편안하기에 그 분위기를 마음껏 즐겼다. 적극적으로 나서서 말을 하는 사람도 아니고, 와인도 많이 마시는 사람도 아니기에 자리에 앉아서 사람들의 행복한 모습을 휴대전화로 사진을 많이 찍는 것으로 만족했다.

모임이 끝났다. 사람들은 부족한(?) 와인을 보충하기 위해 인근의 와인숍으로 자리를 이동했다. 나는 아무래도 더 이상 와인을 즐기기에는 무리가 있어서 택시를 타고 집으로 향했다. 강변북로의 가로등이 은은했다. 겨울이었지만 히터 가득한 택시 안도 괜찮았다. 어쩌면 그렇게 좋은 음악도 가득했던지. 남아서 와인에 취해 있을 분들을 생각하니 미소가 절로 나왔다. 참 좋은 사람들과 함께 할 수 있는 내가 행복에 겹다고 생각했다.

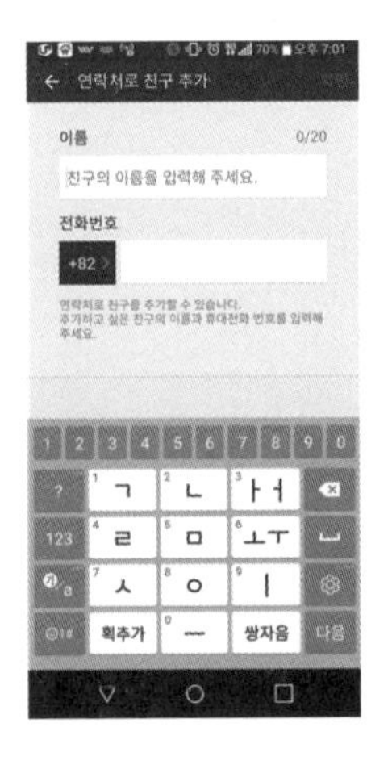

문득 휴대전화에 가득 담긴 사진들을 사람들에게 전송해야겠다는 마음이 들었다. 문자메시지로 보내기보다는 사진 전송이 보다 용이한 메신저를 이용하기로 했다. 모든 사람의 아이디를 모르기에 모임 때 받은 명함에서 이름과 전화번호를 통해 우선 메신저 친구로 추가해야 했다. 왼쪽과 같은 화면이 나왔다.

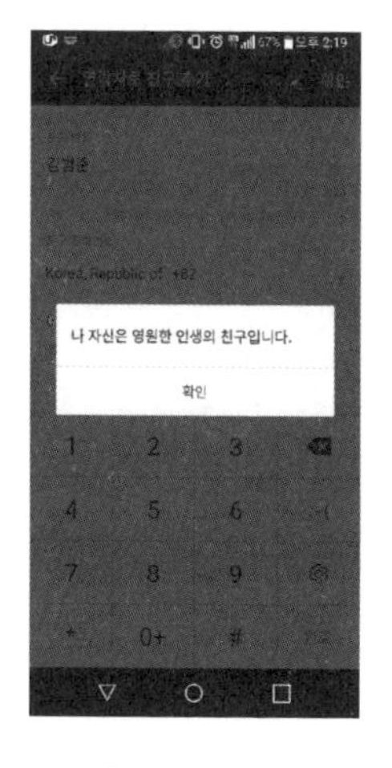

이름과 전화번호를 넣었다. 그리고 완료 버튼을 눌렀다.

이게 뭐지? 다시 보니 내 이름과 내 전화번호를 넣은 거였다. 술에 취한 건가, 나의 실수에 픽 웃음이 나왔다. '어휴, 이런 내 정신'을 탓했다. 그러다 문득 팝업 화면에 뜬 문장을 다시 한 번 보게 되었다.

"나 자신은 영원한 인생의 친구입니다."

마음 한 구석이 당황스러웠다. 따뜻한 무엇인가가 느껴졌다. 그게 뭔지는 모르겠다. 다만 내가 나 자신의 영원한 친구임을 잊고 살았던 내가 부끄러워졌다. 친구를 사귀는 것 중에서 최고는 바로 스스로가 자기 자신의 친구가 되는 데 있다는 말도 있는데 정작 나는 나 이외의 사람들과 친구가 되기 위해서만 노력했던 건 아닐까, 나 자신은 아무렇지도 않게 버려놓고 있지는 않았는가, 하는 생각에 이르자 나 자신에게 너무나 미안해졌다.

단 한 사람의 고귀한 친구를 갖고자 한다면 그것은 그 누구도 아닌 나 자신이 되어야 한다. 나 자신을 친구로 갖지 못한 사람은 값어치가 없는 사람이다. 이 당연한 사실을 우리는 어쩌면 잊어버리고 살고 있는지도 모르겠다.

늦었지만 이제야 내 친구인 나를 환영한다.

그리고 응원한다.

약자에게도 '자기결정권'의 자유는 있다

자유란 인간의 권리다.

자유란 모든 것 중의 최선이다.

자유 없이는 한 순간도 살 수 없음을

누구나 주장할 수 있어야 한다.

'모멸감'이라는 단어, 그 느낌만으로도 불쾌해진다.

말에는, 소리에는 느낌이 있나 보다. 모멸감이라는 말만 보고도 기분이 이리 언짢으니 말이다. 동명同名의 책 제목을 서점에서 본 적이 있다. 그 책을 사지 않았다. 제목만으로도 불편한데 굳이 그 책을 사서 읽으면서 내가 겪은 모멸감의 기억들을 끄집어내고 싶지는 않았기 때문이다.

누군가를 비하하고, 차별하며, 조롱하고, 무시하는 '인간'이 (왜 인간이라는 단어에는 이렇게 부정적인 수식어가 자연스러운 걸까.) 세상에 일마든지 많은데 책을 읽으면서까지 더 찾아볼 필요는 없겠다는 게 솔직한 심정이다.

그랬던 어느 날이었다.

한 모임에서 우연히 모멸감을 주제로 이야기를 나누게 되었다. 다들 자신이 겪었던 모멸감의 상황들을 차분하게 이야기해나갔다. 모멸감을 느낀 누군가의 경험 속에서 함께 슬퍼했고 또 그 모멸감을 복수가 아닌 사랑으로 되받아줬다는 이야기들 속에서 감동을 느끼기도 했다. 모멸감의 기억 속에서 삶을 도전적으로 살아가게 되었다는 분의 말에선 성공한 사람의 위엄이 느껴질 정도였다.

그중 한 분의 이야기가 기억에 남는다. 어렸을 적 겪었던 모멸감의 기억이 아직도 일상의 곳곳에서 되살아나는 것이 여전히 힘들다는 이야기였다. 솔직해서 좋았다. 극복이라는 게 어디 그리 쉬운 일인가. 극복하기 힘든 모멸감의 기억, 예를 들어 사회적 편견이나 제도 등으로 인해 일상에서 모멸감을 겪는 사람들에겐, 그 모멸감을 성공의 기회로 삼으라는 말은 사치일 뿐이다.

그분의 상황은 이랬다. 어릴 적 다리가 불편했다고 한다. 그 시절부터 한쪽 다리를 사용하기 어려웠고 성인이 된 지금까지 목발이 필요하신 분이셨다.

"초등학교 3학년 때였어요. 더운 날이었죠. 지하철 계단을 올라가고 있었어요. 물론 목발을 이용하면서요. 누군가 한쪽 손에 들고 있었던 제 신발 가방을 툭 잡아채더라고요. 깜짝 놀랐어요. 신발 가방을 채어간 사람은 한 아주머니셨어요. 올라가다 말고 뒤로 돌아 제 얼굴을 보더군요. 그리고 '쯧쯧' 하며 혀를 찼고요. 그러더니 '아휴, 불쌍해라. 아줌마가 도와줄게!' 하는 게 아니겠어요."

계단을 오르다 말고 멍하니 서서 그분을 바라봤단다. 눈물이 나고 화가 났다고 말했다. 그 계단을 어떻게 올랐는지 지금도 생각이 안 날 정도로 모멸감을 느꼈다고 했다. 그분은 말씀을 이어가셨다.

"성인이 된 지금도 여전히 그런 시선은 불편해요. 나이도 먹을 만큼 먹었고 그런 일 역시 겪을 만큼 겪었지만 말이에요. 누군가의 갑작스런 침범이나 원하지 않는 동정의 말과 시선은 힘듭니다. 어릴 때와 달라졌다면 이제는 그런 일방적인 동정은 거부한다는 겁니다."

나이 오십이 넘으셨지만 지하철에 앉아 있으면 상대편에 있던 누군가가 자신의 목발과 다리를 빤히 쳐다보는 것이 불편하다는 말씀이셨다. 그런 값싼 동정을 받을 이유가 없다고 했다. 그러기에 이제는 이렇게 말씀하신다고 한다.

"뭘 그렇게 뻰히 보세요? 뭐가 이상한가요?"

누군가 나를 빤히 쳐다본다면 정말 기분이 나쁘다. 실제로 남자들이 싸울 때 가장 많은 시빗거리 중 하나가 "왜 꼬나보냐?" 아닌가. 그러는 한편으로 가슴이 뜨끔했다. 나 역시 어린아이가 목발을 짚고 지하철 계단을 힘겹게 올라간다면 가방을 획 낚아채고 의기양양하게 "이 아저씨가 도와줄게"라고 말했을 것이었기 때문이다. 나 역시 상대방의 마음은 조금도 생각하지 않은 채 함부로 말을 내뱉던 철부지였던 셈이다.

그렇다면 그냥 지나쳐야 할까. 그분에게 물어봤다. "그래도 어린아이가 그렇게 힘들게 가고 있는데 뭔가 도와줘야 하는 건 아닌가요. 어떻게 행동해야 할까요?"라고 말이다. 그분은 이렇게 말씀해주셨다.

"우리와 같이 일상에서 시선의 괴롭힘을 당하고 있는 사람들에겐 조심스럽게 '혹시 도와드릴 게 없을까요?'라고 다가서는 것이 예의를 지키는 말과 행동인 것 같아요. 도움을 주는 사람이 아니라 도움을 받는 사람의 자기결정권을 절대적으로 인정해주는 말과 행동을 해주는 것이 맞다고 생각합니다."

세상의 모든 약자, 그게 몸이 아프든, 마음이 아프든, 성적이 떨어지든, 지위가 낮든 관계없이 그들에게도 '자기결정권'이 있음을 세상 사람들이 인식했으면 좋겠다. 그 속에서 상대방을 조금이라도 배려하는 말하기에 익숙해지는 그날이 빨리 오기를 바란다.

엄마를 위해서 힘내줄 수 있지?

나에게 필요한 것이 있다.
나에게 용기를 불어넣어주는 말이다.
그 말은 내가 할 수 있는 일을 잘할 수 있도록
도와줄 것이다.

평일 오후, 지하철 1호선 구로행 하행선은 늘 한가롭다.

그날도 그랬다. 용산역에서 지하철에 올랐다. 구로까지 얼마 안 되는 거리였지만 한가로운 시간대의 여유 있는 지하철 좌석은 늘 마음을 편하게 한다. 바로 다음 역이니 노량진역이었을 테다. 중학생쯤 되어 보이는 남자아이를 데리고 한 엄마가 지하철에 올랐다. 여유가 있는 앞자리를 발견하고 무겁게 발길을 돌린다.

*

아이는 고개를 숙이고 있고, 엄마는 뭔지 모를 분노를 참느라 애를 쓰는 게 훤히 보였다. 엄마가 무엇인가를 뒤적이더니 아이의 눈에 보이도록 (신경질적으로) 펴서 보인다.

엄마 : 이게 뭐니?

아들 : ….

엄마 : 말해봐. 이게 도대체 뭐냐고! 왜 이렇게 된 거냐고?

아들 : ….

엄마 : 대답 안 해? (한숨을 쉬며) 그래, 엄마가 뭐라고 하는 게 아니잖아. 대화하자는 거잖아.

아들 : (고개를 들며) 이게 무슨 대화예요.

대화란 무엇일까?

언제부터인가 대화의 결과물은 '이겨야 하는 그 무엇'이 되었다. 이겨야 하는 대상은 직장 동료나 학교 친구 등의 성과나 성적에 따른 경쟁자만으로 제한되지 않는다. 광범위해졌다. 그 누구보다도 사랑 가득해야 할 가족에서조차 그렇게 되어버렸다. 아내는 남편을 이겨야 하고, 남편은 아이들을 이겨야 하며, 아이는 엄마를 이겨야 한다. 이기기 위해서 필요한 도구가 말이 되어버렸다. 대화의 목적은 이기기 위함이 되었다. 절대적인 혹은 물리적인 힘에 의한 비겁한 협박도 목적을 달성하기 위한 수단으로 정당화되었다.

그래서 대화가 평화롭지 못하다.

온갖 날이 서 있는 칼날처럼 위태하다.

누군가에게 말로 상처를 주는 것, 우리들은 너무나 잘한다. 상대방이 나보다 약자라면 (그게 나이든, 지위든 상관없이) 나의 입으로부터 나오는 말이 상대방에게 더욱 사정없이 상처를 줘도 된다고 생각한다. 말로 상처를 입혀놓고서도 자신이 만든 상처를 치유해 주기는커녕 집요하게 파고들어 괴롭히며 곪게 하고, 종국에는 그 아픔을 부여잡고 항복하게 만든다.

그래서 대화에는 장벽이 생겼다. 이어폰을 귀에 꼽고 음악을 틀어 부모의 말들로부터 자신을 방어하려고 한다. 청소년이 대화에서 상처받지 않기 위해 소극적으로 저항하는 그들만의 도구다. 바깥세상과 격리된 자신만의 방을 만든다는 '사운드월sound wall'이란 개념도 어쩌면 이런 의미에서 정당화될 수 있겠다.

그래도 희망은 있다. 서로에게 벽을 반드는 대화가 아닌 벽을 허물고 또 잔잔하게 상대방의 마음속으로 흘러들어가는 대화를 하는 모습들도 간간이 찾아볼 수 있으니 말이다. 사실 위에서 사례로 든 지하철 맞은편의 엄마와 아들은 그렇게 말하지 않았다.

*

엄마는 고개 숙인 아들을 몇 정거장 지날 때까지 지켜보기만 했다. 지켜보는 모습이 너무나 선해서 나 역시 멍하니 바라보고만 있을 정도였으니까. 그렇게 지켜보던 엄마는 문득 아들에게 조용히 이렇게 말했다.

"힘들었지? 엄마도 열심히 도와줄 테니까 너도 엄마를 위해서 힘내줄 수 있지?"

막혔던 대화의 벽을 허물어버리는 엄마의 말이 행복했다. 무슨 일인지는 잘 모르겠지만 어려움에 처해 있는 아들이 의지할 만한 가장 믿음직한 공간 하나를 엄마가 선물한 듯한 느낌이었다. 접을 수도 있던 꿈을 다시 일으켜 세워 깨어 있는 꿈으로 만들어주는 사랑의 말이었다.

그래서일까.

지하철의 덜컹거림을 불편하게 여기던 내 마음이 편안해졌다.

'내가 실수를 했음'을 말할 수 있는 겸손함

행동하지 않는 성격은,
용기가 전혀 없음을 보일 뿐이다.
'겸손'이란 단어는 얼마나 겸손하지 못한가.

겸손이란 단어로부터는 편하고 가볍고 약한 느낌을 받는다. 하지만 실상은 이 겸손 하나를 제대로 하지 못해서 자신이 일생에서 일구어온 모든 것을 한 번에 잃는 경우가 너무나 허다하다. 그게 생각이건 행동이건 말이건 상관없이 말이다.

힘이 세다면, 높은 자리에 있다면, 돈이 많다면 지금 당장 갖추어야 할 것은 겸손이라는 덕목이다. 겸손이란 구체적으로 어떤 것일까. 그건 '강자인 내가 약자인 상대방에게 의지할 수 있는 태도'

를 말한다. 예를 들어보자. 직장 상사인 내가 모르는 것이 있다고 할 때 그것을 조직의 구성원인 부하에게 도움을 구하는 것이다. 자신의 부하에게 도움을 구하는 것이 강자의 모습이 아니라고 생각할 수 있겠지만, 엉뚱한 곳에서 모르는 것을 알려고 하기 때문에 문제가 벌어지게 된다는 것을 기억해야 한다. 자신의 부족함을 자신을 따르는 사람들에게 구할 수 있는 건 세상 그 무엇과도 바꿀 수 없는 용기다.

여기서 진정한 리더십의 태도를 발견할 수 있다. 리더십을 설명하는 개념에는 수없이 많은 이야기들이 나올 수 있지만 겸손의 관점에서 리더십을 정의한다면 이렇게 말할 수 있을 것이다.

'오직 하나의 올바른 개입만이 있을 것이라고 가정하지 않는 것.'

조금 더 나아가볼까. 겸손이란 실수를 받아들이는 능력이기도 하다. 대화의 현장에서 강자가 자신이 실수했음을 당당하게 받아들이는 건 참으로 어려운 일이다. 받아들이는 것보다 몇 배는 더 힘든 게 있으니 '내가 실수를 했다'고 상대방에게 말하는 일이다. 그런 용기, 나에겐 있었을까.

엄마가 보고 싶어서

나의 고향은 어머니다.
물질적인 고향은 어머니가 돌아가시면서 사라졌다.
하지만 정신적인 고향은 어머니가 돌아가신 것과
관계없이 영원하다.

"엄마가 보고 싶다."

다큐멘터리 감독을 하는 선배가 있다. 자연 다큐멘터리를 주로 하는 선배는 1년에 서너 달은 해외 오지에서 보낸다. 한때 그도 잘 나가는 '인기남'이었다. 지금은? 흰 수염이 곳곳에 난 누가 봐도 중년의 냄새(결코 상쾌하지 않은 냄새다!)가 물씬 풍기는 아저씨가 되었다. 오랜만에 그 선배를 만났다. 오랜만에 만나 서로를 위해 건배하는 술 한잔은 여전히 좋았다. 살짝 술기운이 돌기 시작할 때 선배는 '요즘 자주 드는 생각이 뭔지 아냐?'는 말을 던졌다. 그리곤 내 말을 들을 필요 없다는 듯 선배가 소주잔을 비우며 낮게 한 말이 바로 '엄마가 보고 싶다'는 말이었다.

뜬금없는 말에 그동안 무슨 일이 있었던 것은 아니었는지, 내가 큰 실수를 한 건 아니었는지 잠시 말문이 막혔다. 선배의 눈치를 보다 "선배 어머님, 혹시 돌아가셨어요?"라고 묻자 희미하게 웃으며 그건 아니란다. 시골집에 정정하게 계신다고 했다. "뭐야, 깜짝 놀랐잖아요. 그럼 어디 편찮으셔요?"라고 물어보니 그것도 아니란다. "그럼 뭐예요. 왜 갑자기 엄마가 보고 싶다고 그러시는 거예요" 라고 묻자 선배는 이처럼 대답했다.

"다큐멘터리 찍는답시고 고립무원의 산중에서 밤을 맞을 때, 치열한 촬영이 끝난 후 허탈감이 밀려오는 잠자리에 들 때, 예전엔 안 그랬는데 요즘엔 이상해, 왜 자꾸 엄마 생각이 나는지 말이야."

선배는 그러면서 "엄마가 자꾸 생각나. 그런데 그 생각을 하면서 내가 이제야 어른이 되었구나, 하는 생각도 들어. 이게 도대체 뭔지를 잘 모르겠어"라며 알듯 말듯 한 말을 남겼다. 그렇게 술자리는 끝났다. 하지만 여전히 선배의 말은 잘 이해가 되질 않았다. 아직도 살아계시는 어머니를 왜 그리워하는 거지. 어머니가 생각나는 것과 내가 어른이 되어가는 것은 도대체 무슨 관계지, 하는 의문이 머리에 남게 되었다. 이 의문을 풀고 싶었다.

그때 누군가 이런 말을 했던 것이 생각났다.

"나이가 들어간다는 것은 자신이 할 수 없는 일이 뭔지를 하나씩 알아가는 과정이다."

나이가 들면서 자신이 할 수 없는 일을 인정해야만 할 때, 그만큼 밥벌이의 고단함 속에서 나의 한계를 느껴갈 때, 나의 모든 것이 세상에 쓸모 있는 것만은 아니라는 것을 느껴갈 때 어른임을 자각하게 되는 건 아닐까. 그리고 '할 수 없음'과 '어른이 됨' 사이에서 갈등하는 과정에서 늘 나를 믿고 인정해주며 지지해주는 어머니를 머리에 떠올리는 것 아닐까.

고단한 삶에 부대끼는 경우가 많아지면서 나이와 관계없이 누군가에게 의지하고픈 마음이 생긴다. 다 큰 남자도 엄마의 품을 꿈꾸게 된다. 무조건 "내 새끼가 최고!"라고 편들고, 아니어도 우겨주는, 어린 시절 나를 인정해주던, 그때의 그 엄마를 그리워한다. 나이가 들수록 오히려 그 정도는 심해질 뿐 희미해지지 않는다.

예전에는 '나이 먹음'이라는 것이 '존경을 받을 위치에 있게 된다'는 것과 같다고 여겨질 때가 많았다. 그러나 요즘 중장년의 남성이 존경의 대상이 되기보다 유머의 대상으로 전락하는 경우를 자주 본다. 예를 들어 이런 우스개가 그렇다.

중년 여성에게 가장 필요한 것은?
첫째는 딸, 둘째는 돈, 셋째는 건강, 넷째는 친구.
중년 남성에게 가장 필요한 것은?
첫째는 마누라, 둘째는 아내, 셋째는 와이프, 넷째는 집사람.

나이가 들수록 심해지는 중년 남성의 '아내의존증'과 충돌하는 여성의 독립 욕구를 잘 나타냈다고 하는 우스개다. 생각해보면 정말 그런 것 같다. 시간은 일정한 나이를 넘어서면서부터는 여자의 편이 되는 듯하다. 시간을 관할하는 신神이 있다면 분명히 여자가 아니었을까 하는 생각도 든다. 나이를 들어갈수록 당당해지는 여자의 비율이 높아지는 것과 대비되어 남자의 추레함이 더 부각되는 것만 같다. 그래서일까. 나이를 먹어가는 남성들이 불현듯 '엄마'를 찾게 되는 것 말이다.

성공한 직장인이라고 모두들 인정하는 선배 한 분이 이렇게 말하는 걸 들었다.

"정말 쉬고 싶다. 대자로 다리 뻗고 따뜻한 온기가 흐르는 푹신한 이불 속에서, 몇 날 며칠이든 잠에 취해, 누구의 방해도 받지 않고 자고 싶다. 배고프면 일어나 잘 차려진 밥을 먹고 그 자리에 다시 누워 허리가 아플 때까지 자고 싶다. 나를 찾는 사람도 없고, 갈 곳도 없고, 아무 걱정을 하지 않아도 되는 시간을 딱 한 달만 선물 받고 싶다."

그러면서 "단 하루만이라도 조용히 나를 지켜봐주고 식사라도 한번 걱정해주고 주변이 어지럽지 않도록 챙겨주는 엄마가 옆에 있으면 좋겠다"고 말했다. 이기적인 생각이라고 탓하고 싶기보다는 그분의 외로움이 느껴져서 아무런 말도 하지 못했다. '고향으로서의 어머니'를 찾는 그분의 고단함이 고스란히 느껴져서 안쓰럽기도 했다. '엄마가 보고 싶다'는 중년 남성들의 목소리가 어쩌면 우리 세상의 팍팍함을 그대로 드러내는 것 같아 안타깝기도 하다.

그런데, 오늘, 나도 어머니가 보고 싶다.

'너는 이렇게 말할 것이다'라고 섣불리 예상하지 않을 것

인생에 정답은 없다.
다만 좋은 답, 나쁜 답은 있을 수 있다.
하지만 나쁜 답을 선택했다고 그 사람이 나쁜 건 아니다.

얼마 전 한국을 떠들썩하게 했던 소설책 한 권이 있다.

한국인 최초로 맨부커상을 받은, 작가 한강의 연작소설 『채식주의자』다. 맨부커상이 대단한 상인지는 아직 잘 모른다. 그냥 엄청난 상이라고 하니까 '그런가 보다' 한다. 뉴스에서 하도 떠들어대서, 서점에 가니 책 한권으로 인테리어를 만들어놓아서, '아, 정말 대단한 상을 받은 거구나!' 하고 생각한 정도랄까.

무슨 상을 받았다는 책들이 그러하듯 이 책 역시 평론가들은 극찬을 했다. '인간의 욕망, 죽음, 존재론에 대한 근본적인 성찰을 담은' 작품이라는 말에선 거부감이 들 정도였다. 욕망, 죽음도 어려운 데 존재론에 성찰까지, 아휴, 복잡했다. 이럴 땐 그냥 나의 시각으로 읽으면 된다. 어차피 나의 인생도 '그들'의 인생만큼 만만치 않은 경험들이 축적된 것이니 말이다.

평범한 대한민국 직장 남성인 나, 김범준이 읽은 소설 『채식주의자』는 의외로 단순했다. 줄거리도 간단했고, 철학적인 용어도 없었다. 존재론, 욕망, 죽음 등을 어렵게 풀이한 구절도 없었다. 읽고 난 후의 느낌도 명확했다(물론 나의 기준에서다).

'대한민국의 남편들이 아내와의 관계에 있어 꼭 읽어야 할 책.'

차분히 그리고 곱씹으면서 읽으면 남성(특히 가부장적인)의 말과 행동이 어떻게 한 사람, 특히 배우자의 인격을 망가뜨리는지 인식하게 될 테니까. 물론 전혀 다른 시각으로 읽는 사람도 있을 테니 (어차피 소설을 읽는다는 건 읽는 사람 자신의 인생이 반영된 것이니까.) 의견은 전혀 다를 수도 있겠다. 줄거리는 이렇다.

나는 한 여자의 남편이다. 그런데 어느 날부터 갑자기 아내가 '모든 육식'을 거부한다. 자기만 안 먹으면 모르겠다. 나에게도 고기 반찬을 안 해준다. 속된 말로 나는 '고기 매니아'인데 말이다. 그

뿐이랴. 직장 회식으로 삼겹살이라도 먹고 오면 고기 냄새가 난다고 옆에도 못 있게 한다. 화가 난다. 참다못해 장인과 장모님께 알려서 아내가 정신 차리게(!) 해달라고 한다. 시골에 계신 장인, 장모님이 아내에게 전화를 걸어 '도대체 너 왜 그러느냐?'고 윽박지른다. 그러던 중 장모님의 생일을 맞이하여 모두 모이게 되었다. 장모님이 정성스럽게 준비한 탕수육을 아내는 물끄러미 쳐다만 보고 있다. 장인어른이 한마디한다.

"보고 있으려니 내 가슴이 터진다. 이 애비 말이 말 같지 않아? 먹으라면 먹어!"

장인어른의 말에 나는 '죄송해요, 아버지. 하지만 못 먹겠어요'라고 아내가 대답하리라고 예상한다. 하지만 아내는 죄송하다는 생각은 전혀 없다는 듯 담담히 말한다.

"저는 고기를 안 먹어요."

그렇다. '못' 먹는 게 아니라 '안' 먹겠다고 의지를 표현한다. 일이 터진다. 베트남 참전 역전의 용사 출신인 장인어른은 옆에 있던 사람들에게 아내의 팔을 붙잡게 한다. 외마디 비명을 지르는 아내의 입을 벌려 탕수육을 넣으려 한다. 아내는 이를 뿌리치고 결국 자신의 손목을 과도로 그어버린다. 그리고….

뭐, 대략 이렇게 흘러가는 줄거리다. 이야기 속에서 내가 특히 집중하는 장면이 바로 이 부분이었다. 나는 이 장면에서 아내와 장인어른의 다툼을 바라보던 남편의 생각에 집중했다. 그는 장인어른의 말에 아내가 "못 먹겠어요"라고 말할 것이라고 '예상'한다. 어쩌면 장인어른 역시 그랬을 테다. 하지만 '못' 먹는 게 아니라 '안' 먹겠다는 말에 사건이 벌어졌던 거다. 나 그리고 장인어른 모두의 말을 함부로 '예상'했기에 나온 결과다.

이 소설을 읽고 독서 모임에서 토론 시간을 가졌다. 중학교 2학년 아이를 키우는 한 엄마는 말했다. 아이가 사춘기에 접어들면서 대화의 부재로 고민이 많았다고. 그 고민을 풀기 위해서 노력했다고. 그런데 오늘 그 해답을 얻게 된 것 같다고. 앞으로 아이와의 대화에 있어서 단 하나만 지키기로 했다고. 그건 바로 '누군가의 말을 들을 때 절대 예상하지 않는 것'이라고.

그렇다면 나는? 인생에 정답이 있다고 생각해왔던 나 역시 누군가의 말을 들을 때 섣불리 어떤 말이 나올지를 예상하고 또 기대하고 있었던 것은 아니었는지, 반성을 해본다. 이제 나 역시 누군가와 대화를 할 때 지켜야 할 한 가지 원칙을 세워본다.

'네가 어떻게 말할 것이다, 라고 섣불리 예상하지 않겠어.'

스쳐 지나간 사람을 기억해주는 따뜻함

나중으로 미루지 말라.
내가 지금 할 수 있는 말을 찾아라.
그것이 틀린 것이 아니라면 지금 당장 표현하라.

"당신이 먼저 영어 공부를 시작해보지 그래?"

아는 후배의 남편이 말했단다. 아이가 공부를 잘하는 방법은 비싼 과외를 시키는 게 아니라 부모가 공부하는 모습을 보여주는 것이라고 하면서. 남편 자신은 회사에 다녀야 하니 (일찍 출근하고 늦게 퇴근하는 상황이라는 '변명'과 함께) 엄마인 그녀가 먼저 공부하는 모습을 배우라고 했다는 거다. 고민 끝에 영어를 공부해보기로 했다나.

남편의 변명이 (자신은 시간이 없다는) 듣기 싫긴 했지만 그녀 역시 초등학교 4학년 아이의 영어 학원 숙제를 봐주는 것에 한계를 느끼던 터였기에 긍정적으로 생각하기로 했다. 요즘 영어는 왜 그리 어려운지, 도대체 대학까지 나온 자신의 영어실력이 (영문학 전공이 아니긴 하지만) 초등학교 4학년 아이로부터 핀잔에 (엄마는 이것도 몰라?) 그렇잖아도 마음이 불편하던 때였다.

지금부터는 그녀가 말해준 얘기다.

*

남편에게야 "왜 나에게 다 맡기는 거야!"라고 말하며 인상을 살짝 쓰긴 했지만 한편으로 엄마인 그녀가 학원을 다녀보는 것도 나쁘지 않겠다는 생각을 슬며시 하게 됐다. 게다가 내년 여름휴가 땐 미국 서부 일주 패키지여행이라도 해보자고 말을 꺼낸 것도 그녀였던 터라 이 기회에 애 핑계 삼아 영어 공부를 해보는 것도 괜찮겠다 싶었다. 최소한 미국의 그 유명하다는 마트에 가서 자유롭게 쇼핑은 해봐야 하지 않겠는가!

하지만 대학 졸업 후 영어라고는 통 해본 적이 없으니 당장 무엇부터 시작해야 할지 암담했다. 주위 엄마들에게 물어봤다. 인터

넷 강좌도 뒤적여봤다. 역시 직접 학원에 다니는 게 낫겠다 싶었다. 결국 학원에 가서 상담을 하고선 (방학도 아닌 평일 오전에 그렇게 많은 대학생들이 영어 학원에 다니는 줄 미처 몰랐다.) 기초 영문법 강좌 하나를 수강하기로 했다.

개강하는 날이었다. 여유 있게 집에서 나온다고 나왔는데 수업 시간에 임박해서야 학원에 도착했다. 수업이 시작되었는지 엘리베이터 앞에는 기다리는 사람이 몇 명 없었다. 올라갈 층을 눌렀다. 급한 마음에 닫힘 버튼을 '탁탁' 눌렀다. 그런데 다시 문이 열렸다.

뭐지? 젊고 귀여운, 통통한 몸매의 젊은 여학생이 한 명 후다닥 엘리베이터로 들어왔다. 슬쩍 쳐다보고 4층을 눌렀다. 늦게 들어온 젊은 여학생은 3층을 눌렀다. 에이, 1분은 더 늦었네. 뒤에 들어온 사람이 눈치를 못 채도록 슬쩍 인상을 썼다.

다행이었다. 10명 남짓 수강생이 모여 있는 강의실 앞엔 아무도 없었다. 강사를 기다리는 무료한 공기가 가득했다. '첫날부터 지각 때문에 찍힐 뻔했잖아!' 미소를 입에 담고 빈자리에 앉았다. 가방을 열어 지난번에 미리 학원에 왔을 때 사둔 교재를 꺼냈다. 빨간색 파란색 검정색 모두 나오는 삼색 볼펜 한 자루도 꺼냈다. 뭔가 허전했다. '이럴 줄 알았으면 커피 한 잔 뽑아 올걸.' 헛헛한 입맛을 다시던 때에 강의실 앞문이 열렸다. 강사였다.

"늦었네요. 오늘 따라 논현역 사거리 신호가 늦더라고요."

어라? 어딘가 눈에 익은 사람이었다. 누구였지? 아, 나와 함께 엘리베이터를 탄 그 여학생, 아니 강사님! 강사는 "첫날이니까 출석 한 번 확인할게요"라며 수강생 목록을 열었다. 하나 둘 수강생의 이름을 확인하면서 얼굴을 익히는 듯했다. 머리를 숙였다. 괜히 민망했다. 내 차례가 돌아왔다. "박연진 님?" 나를 빤히 보는 강사의 눈을 보며 "네"라고 짧게 대답할 즈음 강사의 눈가에 미소가 번졌다.

"우리, 엘리베이터 같이 타고 왔죠? 괜히 더 반갑네요. 환영합니다."

부담스러웠던 마음이 녹아내렸다.

"네, 강사님. 잘 부탁드려요."

답을 하고 났는데 나도 모르는 반가움에 웃음이 '큭' 났다. 이게 뭘까. 이 반가움의 실체 말이다. 엘리베이터 안에서의 내 모습을 기억해주는 말 한마디만으로도 수강 첫날의 긴장된 마음이 풀어지다니!

*

그녀의 말은 여기서 끝이 났다. 아무것도 아닌 일이었다. '뭐야, 그게 끝이야?'라고 슬며시 타박했다. 얼마나 일상이 건조하면 별거 아닌 일에 미소를 보이고 감동을 받고 하는 거 아니냐고 반문했다. 하지만 아니었다. 그녀는 말했다.

"스치고 지나간 사람을 기억해준다는 거, 그리고 표현한다는 거, 그거 받는 사람의 입장에서는 기분 좋은 일이던데요? 일종의 '아는 체'가 이렇게 긍정적인 건 줄 몰랐어요."

그렇구나. 스쳐 지나가는 사람을 기억해주고 또 그 기억을 끄집어내어 표현해주는 사람이 누군가에겐 고마운 사람일 수가 있는 거구나. 한 발짝 먼저 다가서서 아는 체하는 건, 약자가 강자에게 하는 비겁함이 아니라 강자가 약자에게 할 수 있는 배려일 수가 있는 거구나.

누군가 아는 사람이 보이면 먼저 다가서는 사람, 그런 사람이 세상과 잘 지낼 수 있는 그런 사람이다. 누군가 보였을 때 나중으로 미루지 않고 지금 다가서서 표현할 수 있는 말을 하는 사람이야말로 일상을 자신의 것으로 만들 수 있는 그런 사람이다. 삶의 지혜를 오늘 하나 또 배운다.

3

세상은
나에게 달콤쌉쌀하다

나는 산을 좋아하지 않는다. 대학생 때는 좋아했는데, 그래서 지리산 종주를 하고, 설악산의 능선을 누볐는데. 어느 순간부터 산에 발을 끊은 지도 오래다. 그래서일까. 몇 년 전까지 부서에서 단체로 서울 근교의 낮은 산에라도 올라간다고 하면 짜증부터 내는 사람이 바로 나였다. 그러니 최근 산에 어떤 사람들이 있는지 모르는 건 당연하다. 그런데 언제부터인가 아는 남자들이 산에 오르기 시작했다. 대체로 회사에서 퇴직한 선배들이었다.

알고 보니 '산에 가면 넘치는 게 남자'라는 말이 있단다. 왜일까. 산은 남자들에게 유일하게 숨통을 틔울 공간이었다. 시원한 바람도 쐬고, 건강에도 좋고, 산행 후 막걸리 한잔에 사람들과 허물없이 친목도 도모하니 일석이조가 아니라 일석다조로도 손색없다. 그래서 남자들이 몰린다는 것이다. 선배들의 말을 들어보니 퇴직하고 나서 특별하게 계획을 하지 않는 이상 모여서 할 만한 것이라고는 서울 근교 산행이 최선이란다. 돈도 들지 않고, 시간도 얼마 안 걸리고, 내려와서 막걸리도 한잔 할 수 있으니 말이다.

그럼에도 아쉽다는 생각이 들었다. 그 많은 남자들이 산에 오르는 게 과연 반갑기만 한 현상일까. 도망가듯, 산으로 떠나는 남자들이 대부분이 아닐까. 집에 있어봤자 쉬지도 못하고, 딱히 갈 곳도 없으니 산만큼 만만한 곳이 없다. 군자는 산을 좋아한다는 말이 있다. 과연 정말 군자라서 산을 좋아하게 된 걸까. 평생 회사와 집밖에 모르던 직장인들은 어떻게 회사를 그만두자마자 갑작스레 군자가 되는 걸까. 그러다 긍정적으로 평가하는 것이 어떨까 하는 생각을 하게 되었다. 그들은 군자가 된 것이다. '어쩌다 군자'이긴 하지만.

학창 시절을 보내면서도 어수룩하게 삶을 낭비하던 우리 선배들은 직장을 잡고 돈벌이를 하면서, 10년, 20년을 버텨내면서 군자가 되었다. 산을 오르기 때문에 군자가 된 게 아니다. 지난한 시간들을 견뎌내면서 자기도 모르게 군자가 되어버린 거다. 군자를 목표로 산 게 아니었지만 군자가 되었다. 그들은 그냥 늙지 않았다. 잘 나이 들어갔던 게다.

나이를 먹는 것, 즉 나이 듦은 부조건적인 늙음과는 다르다고 한다.

늙음은 시간이 흐름에 따라 일어나는 어쩔 수 없는 현상이지만 나이 듦은 물리적 나이의 흐름 속에서 성숙한 나를 찾아내는 것이란다. 그렇다. 우리는 결국 늙는다. 하지만 몸이 늙는다고 내 마음이 성숙해지는 나이 듦을 포기해서야 되겠는가. 군자가 되어버린 우리의 선배님들을 보며 나도 산에 오를 준비를 한다. 성숙한 나이 듦을 얻어내고 싶다.

다음 주에 과거에 함께 회사를 다녔던 선배들이 모여 청계산을 오른다고 한다. 오랜만에 선배들을 만나야겠다. 이왕이면 내가 싼 김밥을 싸 갖고 가고 싶다. 서투르지만 그저 김에 밥, 그리고 김치 하나만 달랑 넣은 김밥이라도 내 손으로 싸 갖고 가서 대접하고 싶다. 막걸리 몇 병도 짊어져야겠다. 살아온 날들 같은 달콤쌉쌀한 막걸리를 대접하면서 물어볼 테다.

"선배님, 어떻게 살아야 해요?"

지금 이 시간을 즐기기 위해 서두를 것

시간은 스치는 사람들의 강물과도 같다.
시간은 인간이 소비하는 가장 가치 있는 것이다.
시간을 이치에 맞게 살아야 하는 것은
온전히 나의 몫이다.

토끼와 잠수함이라는 얘기 알아?

옛날에도 잠수함이 있었대. 내가 태어나기도 전부터 말이지. 요즘의 으리으리한 잠수함과는 거리가 멀겠지. 삐거덕거리고 투박하고 좁고 어두운, 그래, 그런 잠수함이었을 거야. 물속에서 몇 시간, 아니 며칠을 견디고 있으면 얼마나 답답할까.

어렸을 때 수영장에서 빠져 죽을 뻔한 적이 있었어. 아마 내가 물 먹은 시간은 10초도 채 되지 않았을 거야. 그런데도 나는 극심한 고통에 물속에서도 몸서리를 쳐야 했었어. 그 기억이 너무 생생

해. 그 이후 물 주변에는 얼씬도 안 했지. 한강에서 '오리배'를 탈 때도 구명조끼의 튼튼함을 이리저리 확인하고서야 오를 수 있었지. 한번 생긴 물에 대한 공포는 그리 쉽게 사라지질 않아.

숨을 쉰다는 건 그만큼 중요한 일이야. 어렸을 적 숨을 누가 오래 참나 게임을 아이들과 할 때도, 얼마든지 숨을 쉬고 게임에서 졌다고 선언할 수 있었음에도, 머리끝까지 먹먹해지던 무산소의 기억은 불쾌하게 남아 있을 정도니 말이야. 그런데 옛날 잠수함은 어떻게 물속에서 그토록 오랫동안 공기를 (산소를) 공급받을 수 있었을까. 아니다. 옛날 잠수함이니 물 위를 오르락내리락 하면 되었겠지만 실내에 산소가 부족한지 아닌지를 어떻게 알았을까?

토끼를 함께 태웠대.

토끼는 사람보다 민감하게 산소의 부족을 느낄 수 있다나 봐. 멀쩡하던 토끼는 산소가 부족하면 정상적인 호흡에서 벗어나서 '헥헥'거리는 거지. 보통 이때부터 여섯 시간 정도가 지나면 사람도 숨을 쉬기가 힘들어진다는 거지. 위험한 수준에 이른다는 거야. 그래서 토끼를 잠수함에 함께 태우는 거지.

토끼가 정상 호흡을 하지 못하고 괴로워하기 시작하면 물 밑에서 활동하던 잠수함은 물 위로 오르는 거야. 다시 물 위로 올라서 산소를 공급받는 거지. 토끼에겐 괴롭겠지만 (산소의 부족에 사람보다 민감하니 숨을 헐떡이기 시작하는 그 순간부터 여섯 시간을 더 참아야 하잖아?) 토끼의 희생(?)으로 인해 사람의 목숨을 구한다니, 재밌지?

어제였어. 영등포역 앞을 지나다가 초점 없는 눈으로 나를 바라보던 한 여자 노숙자와 맞닥뜨리게 되었어. 내 앞길을 막은 것도 아니었어. 나의 갈 길과는 살짝 빗겨나 있었으니까. 그런데 나는 왜 그랬을까? 노숙자라면 그 냄새부터라도 저 멀리 빙 둘러 돌아가던 나였지만 어젠 그 노숙자 앞으로 갔어. 그리고 그분의 눈을 봤어. 그러고 보니 그동안 내가 그동안 노숙자의 눈을 똑바로 쳐다본 적이 한 번도 없었던 것 같아. 그럴 이유도 없었겠지만.

그때였어.

그분은 내게 말했어. 아니 말했다고 생각했어. 나를 보는 건지, 내 뒤의 백화점 건물을 보는 건지 모르겠지만, 내가 바라보는 시선을 피하지 않은 채, 이렇게 말이야.

"당신, 시간이 얼마 남지 않았어요."

나는 고개를 숙여 땅을 봤어. 잠시였는데 고개를 들고 나니 이미 그분은 어디론가 사라져버렸지. 가던 길을 재촉하며 계단을 올랐어. 그리고 생각했어. 나에게 남지 않은 얼마 안 되는 (길다고 생각하면 길수도 있는) 시간을. 나에게 남은 여섯 시간을.

다시 물 위로 떠오르기로 했어. 남은 여섯 시간동안 잘 준비를 해서 말이지. 물위에서 신선한 공기를 마실 거야. 따뜻한 햇볕도 쬘 거고. 눅눅한 옷도 말리고. 혼란했던 마음도 큰 심호흡과 함께 날려버리고. 그리고 다시 물밑으로, 일상으로 돌아올 거야.

서둘러 이 시간을 즐길 거야. 시간은 내가 소비할 수 있는 가장 값진 것임에도 그것을 스치듯 지나가는 사람에게 낭비하진 않겠어. 나에게 주어진 시간을 이치에 맞게 살아야 하는 것은 온전히 나의 몫인 것도 기억할 거고.

아무것도 하지 못하게 나의 일상을 가로막았던 것들과 정식으로 이별할 거야. 숨을 못 쉬고 헐떡이는 나를 이대로 놔두지 않도록 하겠어. 이제 미루고 미뤘던, 사랑하고 사랑했던, 그 사람과 잘 이별할 수 있을 것 같아. 이젠 할 수 있어. 그것도 아주 잘.

상대방의 실수에는 격려 대신 공감이 우선이다

당신을 아끼는 사람의 종이 될 것,
그리고 당신을 화나게 하는 사람의 주인이 될 것.

나를 공개하지 말 것!

상대방과 이야기를 나누는 것은 나의 생각과 감정을 상대방에게 퍼붓는 게 아니라 사랑과 배려를 주고받는 것임을 잊지 말아야 한다. 부담 없는 관계 속에서 서로의 이야기를 편하게 나누기 위해서는 나 자신을 되도록 공개하지 않는 것이 나은 경우가 많다. 아쉽게도 나는 쓸데없이 나 자신을 공개하는 경우가 많았다. 약자 앞에서.

"내가 신입사원 땐 말이지…."

"내가 너 나이 때는 말이지…."

"내가 살아온 삶을 되돌아보면 말이지…."

내가 공개하는 것들은 모두 나 자신의 우월감을 드러내는 이야기들이었을 뿐, 경험에서 찾아내는 통찰이나 반성 등을 찾으려고 해도 찾아볼 수도 없었다. 부끄러운 일이다. 내가 스스로를 드러내고 싶을 때의 기준은 '상대방의 성장에 나의 말이 얼마나 도움이 되느냐?'가 유일무이한 기준이 되어야 하는데 말이다.

물론 누군가와의 대화에서 그 무엇도 공개하지 않는다는 것은 가혹한 일이다. 당연히 공개할 수 있는 것들도 있다. 예를 들어 나의 감정을 드러내는 일이 그렇다. 다만 내가 드러내는 것은 상대방에 대한 긍정적인 감정이어야만 한다. 특히 '상대방의 연약함을 드러내는 태도에 감명받은 것을 말하는 것'이야말로 나 자신을 공개하는 최고의 수단 중 하나임을 기억해야 한다.

대화를 잘하고 싶은 사람의 자세는 보살핌, 연민, 지나친 연루의 금지 등이 있다. 그뿐이랴. 직관과 지성, 권위와 책임, 보살핌과 도전, 공감과 지각 등의 통합 등도 요구된다. 말 한마디에 누군가의 생명과 일상이 달려있다고 생각하고 말할 수 있어야 한다. 참으로 어려운 일이다.

그렇다면 우선 하나부터 실천해보자. '상대방의 연약함에 공감하기'가 바로 그것이다. 나의 대화 상대자가 대화 과정에서 무엇인가 자신이 실패한 것을 말하고 또 그 실패에 대해 부끄러운 느낌을 자각하고 있다면, 바로 그 부분에서 적극 공감해주는 일이다. 상대방의 실수에 급하게 격려나 응원을 하기보다는 여유 있는 자세로 공감 하나만 제대로 해준다고 해도 세상의 모든 대화는 아름다워질 것이라 확신한다.

'내가 모르는 것이 있는 곳'을 찾아갈 것

내가 확실하게 아는 게 하나 있다.
지금 나는 씨앗을 뿌려야 한다는 점이다.
지금 씨앗을 뿌리지 않으면 아무것도 얻을 수 없다.

말을 소재로 한 격언은 많다.

너의 혀가 너의 생각을 앞지르지 않도록 경계하라.
많은 이들이 칼날에 쓰러졌지만 혀 때문에 쓰러진 이들보다는 적다.
시간은 만들어진 모든 것을 파괴하고 혀는 만들어야 할 모든 것을 파괴한다.

이래서야 어디 말을 함부로 할 수 있겠는가. 하지만 살고 또 살아보니 말 한마디로 모든 것의 유명이 일순간에 결정되어 성공하고 또 실패하는 경우를 너무나도 흔하게 본다. 말에 대한 속담이나 격언이 오히려 현실의 말의 위력보다 약해보이기까지 하니까.

그래서일까. '말을 잘하고 싶다'는 사람이 너무나도 많다. 수많은 사람들이 말, 대화, 커뮤니케이션에 관한 책을 읽는다. 필요하면 그것에 대한 강연도 듣는다. 기업체에선 비싼 돈을 들여가며 커뮤니케이션 전문가라는 사람을 불러 직장 내 소통에 대한 교육을 구성원들을 대상으로 실시한다. 그래도 말 때문에 자신이 능력보다 평가절하되고 있다는 피해 의식을 가진 몇몇은 스피치 학원이다 뭐다 해서 방법을 강구해본다.

하지만 말에 관한 건 늘 어렵다. 자신의 입에서 나온 말 때문에 불이익을 입는 경우가 계속 된다. 누군가의 말 때문에 자존감에 상처를 받기도 한다. 나 역시 그랬다. 내성적이고 소심하다고 스스로를 생각하면서도 결과적으로는 내가 뱉은 말 때문에 고민을 하게 된 경우가 얼마나 많았는지. 그러면서도 끝까지 내 말을 누군가에게 하고 싶어서 머뭇거리다가 답답해한 적은 얼마나 많았는지. 그러다 하게 된 말로 누군가에게 상처를 준 것 같은 느낌에 얼마나 괴로웠는지.

그러던 어느 날이었다. 내가 개인적으로 선생님으로 모시는 분들이 몇 명 있는데 그중 한 분이 자신의 페이스북 게시물에 올린 글이 말, 대화, 그리고 커뮤니케이션에 관한 나의 생각에 경고를 울렸다. 그분은 한 줄로 이렇게 말하셨다.

"내가 모르는 곳을 아는 자리로 가자."

수없이 많이 강연 요청을 받고 강의를 하시는 분이, 그 누구보다도 책을 많이 읽고 또 나름대로 정리를 하여 상식과 지혜가 충만하신 분이, 인문학에 대한 수준 높은 책을 여러 권 쓴 분이 '자신이 모르는 곳을 찾겠다'는 말을 올린 것은 무슨 의미인지 얼핏 감이 오지 않았다.

댓글로 이렇게 물어봤다.

"선생님이 모르는 곳을 찾으러 가셔야 한다면 저 같은 사람은 하루 종일 뭔가를 찾아 헤매야만 합니다. 선생님에 비하면 정말 아무것도 모르는 사람이니까요."

그분은 나의 '투정 섞인' 댓글에 이렇게 답글을 달았다.

"'내가 모르는 것을 아는 자리로 가자'란 말은 '누군가의 말을 듣겠다'는 제 자신의 의지의 표현입니다. 알면 알수록 내가 모르는 것을 인정하고 그 부족한 부분을 채우기 위해 내가 모르는 것을 아는 사람들에게 용기 있게 물어보고 또 그것을 듣는 연습이 저에게는 필요합니다. 제가 생각할 때 지금이야말로 그 모르는 곳으로 가서 씨앗을 뿌려야 할 때입니다. 지금 씨앗을 뿌리지 않으면 미래에는 아무것도 얻을 수 없을 테니까요."

TV 프로그램 중에서 〈알쓸신잡〉을 재미있게 시청했다. 음식평론가, 정치평론가, 과학평론가, 소설가 등 쟁쟁한 지식의 소유자들이 다양한 의견을 나누는 지식의 향연 같은 프로그램이었다. 나는 유희열 씨가 기억에 남았다. 달변은 아니지만, 아니 오히려 어눌하기까지 하지만, 프로그램을 '자신이 모르는 것을 아는 자리'라고 생각하는 것 같은 겸손한 대화의 태도가 눈에 들어왔다. 다른 출연자들이 강의를 하듯, 지식을 뽐내듯 말을 쏟아낼 때, 유희열의 말은 짧고 또 단순했지만 오히려 울림이 있었다.

"대단하다."

"어떻게 그런 것도 아시냐."

자신을 한껏 낮춰 대화를 이끌어내는 것을 보면 이 사람이야말로 언어를 자신의 방향으로 사용할 줄 아는 진정한 말의 달인이라는 생각이 든다. 이렇게 평소에 자신을 낮추는 유희열 씨였기에 오히려 가끔 하는 말이 빛을 더한 건 아닐까.

충무공 이순신 장군에 관해 이야기하는 장면이었다. 유희열 씨가 충무공에 관해서 해박한 지식을 뽐내는 누군가의 이야기를 넋 놓고 보고 있었다. 그러더니 아무것도 모르는 사람처럼 궁금해서 무엇인가를 질문했다. 그러자 누군가 비웃었다. '그것도 모르느냐'고. 그때 유희열 씨는 말했다.

"저도 나름 서울대 나왔어요."

다른 사람이 이렇게 말했다면 학벌을 자랑하는 수준 낮은 멘트라고 했을 텐데 유희열 씨가 이 말을 하니 오히려 겸손함이 느껴졌다. 전혀 미워 보이지 않았다. 이는 어쩌면 수많은 시간을 들어주고 궁금해 하며 '자신이 모르는 것을 아는 자리'에 충실했던 유희열 씨의 대화 태도가 만들어준 건 아닐까.

한 남자로 다가온 아들 이야기

용기란 아이를 이 세상에 태어나게 하는 거다.
용기란 아이가 이 세상에서 배우도록 도와주는 거다.
용기란 아이가 이 세상을 자신의 것으로 살도록
내버려두는 거다.

'아이는 어른을 가르치는 스승이다.'

아이라는 말 속에 담긴 '어른보다 못함'이란 느낌은 폐기되어야 한다. 아이는 우리가 생각한 것보다 '훨씬' 더 성숙했고 또 아름답다. 나를 이렇게 생각하게 만든 한 엄마의 이야기를 공유하고자 한다.

*

중학교 2학년 아들과 둘이 산다.

괜히 약해 보여서 이런 말 아무 때나 하지 않는다. 하지만 솔직히 사회생활은 나이 마흔 셋의 여자가 혼자서 온전히 짊어지기엔 만만치 않다. 누구나 좋다고 하는 직장을 다니지만 그건 '그 누군가의 편견'일 뿐이다. 글쎄, 완전히 혼자라면 모르겠다. 하지만 아이를 둔 엄마의 입장에 선다면 그 누구도 만만치 않은 세상의 벽을 느낄 것이리라. 사춘기의 한복판에 선 아들을 집에 혼자 두고 아홉 시 뉴스도 다 끝나가는 시간에 집으로 돌아오는 엄마는 아이에 대한 미안함과 하루를 살아낸 고단함으로 가득하다.

그날도 터프한 하루였다. 일 그리고 사람 속에서 방황하는 나를 물끄러미 바라만 볼 수밖에 없는 날이었다. 무언지 모를 눈물을 참느라 무던히도 애썼던 그런 날이었다. 하루가 지나는 시간을 하염없이 세고만 있었다. '누군가에게는 그토록 소중한 하루일 수 있다'고 말하면서 시간을 무책임하게 지워버리는 나를 타박한다면 어쩔 수 없겠지만, 그날은 정말 그랬다. 그날만큼은 아무런 의미도 없는, 그저 빨리 지나가는 것만으로도 나에게 위로가 되는 시간일 뿐이었다. 그래서일까. 지하철을 환승하고, 일반 버스를 탔다가 마을버스로 갈아타고 터덜거리며 가는 퇴근길은 슬프기만 했다.

집으로 올라가는 엘리베이터 안이었다. 나는 가방 속의 집 열쇠를 손으로 만지작거렸다. 열쇠를 집어 출입자를 판단하는 태그를 찍을 힘도 없었다. 어깨가 아팠다. 그 이상으로 마음이 가라앉았다. 하나의 생각만이 나를 지배했다.

'누군가 나를 반겨줬으면….'

아무도 없을 집의 초인종을 눌렀다. 열쇠를 그냥 가방에 남겨둔 채. 아무런 응답도 없을 것을 알고 있었지만, 그래도 누군가 나를 반겨주기를 아주 잠시 희망했다. 한 번 더 눌렀다.

"딩동."

그때 문이 열렸다. 그리고 한 남자가 눈앞에 보였다. 그 남자 앞에서 무언지 모를 울컥함이 마음에서 쏟아져 올라왔다. 고개를 숙였다. 나의 눈가가 흔들렸다. 뭔가 터져 나올 것만 같았다. 이겨내야 했다. 뭘 이겨내야 할지 모르겠지만 하여튼 이겨내고 싶었다. 그때 목소리가 들렸다.

"엄마, 오셨어요?"

집에서 아이는 라면 하나를 끓여먹고 나를 기다렸단다. 베란다에서 엄마가 오는 모습을 물끄러미 지켜보고 있었다고 했다. 보도블록을 보며 걷는 나의 모습이 언젠가 아파트 상가 처마 밑에서 보게 된 비 맞은 비둘기 새끼처럼 보였단다. 오늘 학원 선생님이

급한 일이 생겨서 집으로 바로 돌아왔다고 말하면서.

아들은 왜 열쇠를 열고 들어오지 않았느냐고 묻지 않았다.

아들은 왜 초인종을 눌렀느냐고 묻지 않았다.

아들은 무슨 일이 있었느냐고 묻지 않았다.

아들은 왜냐고, 왜 그랬느냐고 묻지 않았다. 작은 미소와 함께 엄마가 집에 왔다는 사실을 환영해줄 뿐이었다. "엄마, 오셨어요?"는 말 한마디가 나를 위로했다. 충분히.

"그래, 아들, 엄마 왔어."

가끔은 아들이 아닌 남자로부터 세상에서 받은 상처를 이겨낸다. 이렇게. 생각해보니 나는 용기 있는 사람이었다. 이런 아이를 세상에 태어나게 한 용기가 있었다. 이 아이가 세상에서 밝고 씩씩하게 자랄 수 있도록 도와주는 용기가 있었다. 그리고 아이가 이 세상을 자신의 것으로 살도록 잘 내버려뒀다는 용기가 나에겐 있었다. 이런 용기를 가진 내가 세상 그깟 하찮은 일들로 슬퍼할 이유는 없다. 이제 잘 살아낼 수 있다.

당신을 무엇인가에 귀하게 쓸 누군가가 있다

나에겐 꿈이 없었다.
하고 싶은 걸 찾지 못했을 수도 있다.
하지만 매일 일어났던 우연한 일들이
결국 나의 행복을 만들었다.

"아빠, 나는 내가 할 수 없다는 것을 잘 알아요."

스스로 자신의 한계를 드러내는 자녀의 말을 듣는 부모의 마음은 안타깝다. 이런 말을 듣는 부모는 아이를 서둘러 타박한다.

"무슨 소리야. 네가 할 수 없는 게 어디 있어? 넌 할 수 있어!"

하지만 안다. 부모 자신이 세상에서 하지 못한 것에 대한 자괴감 때문에 더 집요하게 아이에게 요구하는 압박일 뿐이라는 것을. 아이가 아직은 어리기에 무작정 "괜찮아, 넌 할 수 있어"라고 말해도 될 것 같긴 한데 과연 조금 더 시간이 지나고 아이가 세상에 나가서 잘 견뎌낼 수 있을까 하는 의문이 생긴다. 아이가 경험한 것으로는 어쩔 수 없는 한계에 도달했을 때 과연 부모로서 어떤 말을 해줄 수 있을지, 어떻게 도움을 줄 수 있을지 걱정이 쌓인다.

그렇다고 아이에게 긍정의 말, 사랑의 말을 해주는 것을 두려워할 수는 없다. 아이들에게는 타인의 관점을 자기 자신에 대해 갖는 관점으로 만들어버리는 성향이 있기 때문이다. 타인이 부모라면, 그리고 아이가 아직 청소년기에 접어들지 않은 경우라면 부모의 영향력은 더욱 강할 수밖에 없다.

부모들이 하지 말아야 할 말 중에 이런 게 있다.

"그런 행동은 못된 아이들이나 하는 행동이야."

이런 부정적인 멘트는 아이에게 '맞아. 나는 못된 아이들이야' 하는 생각만 굳힌다. '못된 행동이니까 하지 말아야지' 하는 생각에 이르기도 전에 자기 자신을 못된 아이로 생각해버리는 부정적 편리함을 택하는 게 아이들의 심리다. 그래서 아이들에게는 신뢰와 긍정의 말을 하는 것이 모든 면에서 낫다.

"너는 좋은 아이야."

"너는 언제든지 기회를 가질 수 있게 될 거야."

아이들이 어렸을 적에 좋아했던 책이 있다. 『강아지똥』이라는 동화책이다. 줄거리는 단순하다. '아무짝에도 쓸모없는 것처럼 여겨지는 강아지똥이지만 결국에는 민들레꽃을 피워내는 데 소중한 거름이 된다'는 얘기다.

이 동화는 여러모로 생각할 거리를 많이 준다. '세상에 쓸모없어 보이는 사람이라도 자신의 존재 가치를 발견하는 경험이 중요함'을 배울 수도 있다. 더 나아가 모든 사람은 나름대로 자기를 사랑하는 법을 배워야 함을 느끼게 되는 책이기도 하다.

이 책을 쓴 고故 권정생 작가의 유언장의 내용이 유명하다. 유언장 중 일부를 읽어보기로 하자.

"내가 쓴 모든 책은 주로 어린이들이 사서 읽는 것이니 여기서 나오는 인세를 어린이에게 되돌려주는 것이 마땅할 것이다. 만약에 관리하기 귀찮으면 ○○○신문사에서 하고 있는 남북어린이 ○○○○에 맡기면 된다. 맡겨놓고 뒤에서 보살피면 될 것이다."

사망하는 그 순간까지 아이들을 이해하고, 믿고, 지지해주는 작가의 마음이 너무나 선하고 아름답다. 이런 마음을 가졌기에 아이들에게 깊은 감동을 주는 아름다운 동화를 쓸 수 있었으리라. 한편으로는 반성한다. 그리고 다짐한다. 그 누구에게서도 가능성을 찾아내고 또 그 가능성을 실현할 수 있는 용기를 열심히 쓴 한 동화작가의 유언장을 보면서 "너도 꼭 무엇엔가 귀하게 쓰일 거야" 라고 응원해주는 '어른다움'의 모습을 나도 닮아야겠다는 생각을 해본다.

오늘 나의 아이에게, 아니 미래에 조금 더 성장한 청년의 모습으로 삶의 굴곡에서 고민할 아이에게 이렇게 말해주련다.

"너를 귀하게 쓰고자 할 어딘가가 분명히 있단다. 지금은 별 볼 일 없는 강아지똥처럼 보일 수 있을지라도."

하루하루를 충실히 산다는 건 얼마나 대단한 일인가

산 정상에 오르지 못하더라도 칭찬할 만하다.
산 중턱에서 넘어져서 오르지 못했더라도 칭찬할 만하다.
누군가가 할 수 있는 일보다 더 커다란 일을 한다면
그 자체로 칭찬할 만하다.

소설을 쓰는 친구가 있다.

등단에 성공한 친구다. 등단이라는 것을 성공과 실패의 기준으로 삼는 것에 그리 찬성하진 않는 입장이지만, 어쨌거나 등단에 성공했다. 그는 '하루하루를 살아가는 절박함이 자신을 지금의 자신으로, 즉 조금은 만족한 자신으로 만들었다'고 말했다. 그와 이야기를 나눴다.

*

어떻게 작가가 된 거 같아?

하루도 빠짐없이 노력했다고 스스로 자부할 수 있어. 같이 소설을 공부하던 친구들, 그 속에서도 조금 더 나은 내가 되려고 시간을 쪼갰어. 악착같이 쓰고 또 쓰고, 그리고 쓴 것을 투고하고 그러다 보니 어느새 '진짜 작가'라는 명칭을 갖게 된 것 같아.

그랬구나. 힘든 일은 없었어?

제일 힘들었던 거, 있었지. 주위의 사람들이 사라지는 것을 바라보게 되는 거였어. 함께 글을 쓰고 합평合評을 하고 서로에게 힘이 되는 이야기를 해주는 친구들이었는데 내가 등단하여 작가란 이름으로 불리게 되고부터 그랬던 거 같아. 그 친구들이 여전히 예비 작가로 머물거나, 혹은 다른 새로운 길을 찾아가면서부터 서먹서먹해졌어.

그게 무슨 소리야.

작가가 되니 이전보다 더 작가로서의 글쓰기에 몰두해야 했어. 프로페셔널의 세계로 들어가니 프로페셔널하게 일할 수밖에 없더라고. 나는 등단을 하고 친구는 등단을 하지 못하면 서로 생활 패턴 자세가 달라져. 나는 이 기회를 놓치지 않으려고 더 나은 글을 쓰려고 노력하고 또 각종 문예지에서 투고를 요청받고 하면서 '진짜 작가의 세계'로 들어가는 거야. 그 속의 사람들과 만나고.

그런데….

그래, 친구들은 여전히 습작의 글쓰기에 머물러 있고, 괴로워하고, 힘들어하면서 다른 일을 찾게 되니, 생각하는 게 달라지는 거야.

그렇구나.

내가 등단한지 6년이 지났어. 그래, 그 시간동안 살아남은 사람과 살아남지 않는 사람이 나눠지더라.

아….

등단을 하지 못한 친구들을 낮춰 보는 건 절대 아니야. 친구들 중에서는 사회에서 더 인정해주는 직업을 갖게 된 경우도 꽤 있거든. 내가 얘기하고 싶은 건 사회에 나와서 친구란 나이, 성별로 인해 생기는 게 아니라 내가 갖고 있는 일 혹은 취미를 중심으로 생겨난다는 거야. 그게 나의 삶의 지배하게 되는 거지. 지배당한다는 것보다는 그걸 즐길 수 있게 된다고 해야겠지?

*

산 정상에 오르지 못하더라도 칭찬할 만하다. 산 중턱에서 넘어져서 오르지 못했더라도 칭찬할 만하다. 하지만 어쩌면 그보다 더 칭찬할 만한 일은 내가 지금 할 수 있는 것보다 더 큰 것을 꾸준히, 묵묵히 이겨내는 과정이겠다. 내가 지금 무슨 일로 삼시세끼를 해결하는지, 그리고 그 삼시세끼를 위해 하루하루를 얼마나 충실히 살고 있는지, 그게 내 삶을 풍요롭게 만드는 결정적 이유가 됨을 오늘 내 마음에 되새겨본다.

대화 관계는 일종의 동맹 관계다

사람이 믿는 것에는 두 가지가 있다.
하나는 자기가 두려워하는 것,
다른 하나는 자신이 바라는 것.

'동지同志.'

'목적이나 뜻이 서로 같음. 또는 그런 사람'을 일컫는다. 북한어 의미로는 '이름 아래 쓰여 존경과 흠모의 정을 나타내는 말'이란다. 반공反共 교육에 익숙한 (나 같은) 사람에게는 이 말은 북한 간첩들이 쓰는 말처럼 느껴져서 입에 올리기 거북하기도 하다. 그렇다고 해도 그 뜻에 담긴 좋은 의미는 사라지지 않는다.

'동맹同盟.'

'둘 이상의 개인이 서로의 이익이나 목적을 위하여 동일하게 행동하기로 맹세하여 맺는 약속'을 말한다. 생각해보면 대화의 현장이란 동맹의 관계와 같은 곳이 아닐까 한다. 서로의 이익, 그리고 목적을 위해서 하나의 의견을 도출해내는 순간이니 말이다. 전쟁도 아닌데, '동맹'이라니 조금은 어색하지만 대화란 나와 상대방 사이에서 '믿음'이 기본적으로 전제되어야 함을 고려한다면 전쟁 이상으로 대화가 중요하다는 것을 뜻한다고 받아들이면 어떨까.

그렇다면 대화란 동맹을 전제로 하며 대화의 성공 여부는 대화자 상호간의 신뢰 문제로 귀결된다. 신뢰란 믿음이며 믿음이란 결국 자신이 바라는 것을 말한다. 자신이 바라는 것이 깨어지지 않았으면 하는 두려움이 대화에 있어 함부로 말을 내뱉지 않도록 자제를 시키는 역할을 한다.

그래서일까.

말이란 것, 참으로 어렵다.

4

인생, 맛있어지기 시작하는 순간이
누구에게나 있다

감탄을 받고 싶어서 하는 스포츠가 있다. 골프라고 한다. 그렇다. 나도 골프를 배웠고 또 해봤다. 남들보다 이른 나이에 시작했음에도 특유의 게으름으로 그저 그런 실력에 머물고 있다. 그렇다고 재능이 있는 것도 아니었고. 그럼에도 누가 골프장 가자고 하면 '그럴까?' 하며 못이기는 체 갔던 이유는 생각해보면 오직 누군가로부터 감탄을 받고 싶어서였다. '넉넉한 오케이' 그리고 남들보다 하나둘 더 받은 '멀리건'에도 불구하고 수없이 쳐대던 100개 이상의 스윙 속에서 잘 맞은 '숏shot' 하나 때문에 골프장을 가던 사람이 바로 나였다. 새소리밖에 안 들리는 필드 속에서 나는 골프에 미친 게 아니라 감탄에 목말라했다.

어느 날부터 골프를 그만뒀다. 수십만 원의 돈을 내고 골프장에 가서 동반자에게 감탄 한마디 들으려고 애쓰는 나 자신이 우습게 느껴졌던 거다. 비싼 골프장에서 동반자로부터 감탄을 받는 것에서 벗어나 평범한 일상에서 내 주위의 사람들에게 감탄해주는 것을 나의 목표로 삼기로 했다. 돈을 들여가며 골프를 치는 대신 누군가에게 좋은 말 한마디를 하고 상대방의 고마운 눈길을 받는 것에 더 짜릿해하기로 결심했다.

단, 타인의 말과 행동에 대해 감탄해주는 것 이상으로 나 자신에 대해 감탄하는 것에 게을리하지 않기로 했다. 나 자신에 대한 감탄, 나에 대한 배려에 힘쓰기 시작했다. 나 자신을 돌아보는 일의 아름다움을 느끼게 되었다. 일상의 순간마다 멈춰 서서 나의 지나온 길을 느껴보는 데에 노력을 아끼지 않기로 했다. 마치 인디언처럼. 인디언은 말을 타고 먼 길을 가다가 문득 서서 자신이 지나온 길을 바라본다고 한다. 너무 빨리 달려온 나머지 자신의 영혼이 미처 자신의 몸을 쫓아오지 못하지 않았을까를 살핀다는 뜻이다. 그 의미가 너무나 사랑스러웠다.

나의 자취를 생각해보고 느끼며 사랑하는 것, 그리고 감탄하는 것. 그것만큼 중요한 게 또 있을까. 내가 나를 위해주지 않는다면 세상 그 누가 나를 위해줄 것인가. 잔치는 늘 누군가를 위해서 해줘야만 하는 것일까. 아니다. 나를 위해서 잔치하는 것은 세상을 살아감에 있어 그 무

엇과도 바꿀 수 없는 나에 대한 선물이다.

결혼식 등 좋은 행사에 온 하객에게 대접하는 음식이 있다. '잔치국수'다. 지금에야 동네 분식점에서도 쉽게 먹을 수 있는 싸구려 음식 중의 하나가 되어버렸지만 우리는 아직도 결혼 적령기의 남녀에게 "언제 국수 먹여줄 거야?"라며 '농담 반, 진담 반'이 섞인 음식이기도 하다. 잔치국수는 이름이 참 마음에 든다. 비싸지도 않은 음식이면서도 이름 그 자체에 풍성함이 가득하기 때문이다.

나에 대해 감탄한다는 것은 나 자신을 위해 잔치국수를 만들어주는 일과 같다. 큰 비용을 들이지 않고도 나 자신의 마음을 따뜻하게 해주는 자신에 대한 감탄처럼 말이다. 감탄을 듣는 일에서 감탄을 하는 일에 익숙해지는 순간 우리의 인생은 맛있어진다. 그리고 나 자신에 대한 감탄에 어려움을 느끼지 않기 시작할 때부터 우리의 인생은 맛있어진다.

'멍게 두 배'란 말 한마디로 사람을 행복하게 만들다

평화의 비결은 행복을 기대하지 않는 데 있다.
그러니 행복을 기대하라. 그러면 평화가 깨질 것이다.
하지만 누군가에게 잠시의 행복을 줄 수 있다면
그것만으로도 평화는 쉽게 완성된다.

기분은 나쁘지 않았다.

다만 몸은 어쩔 수 없이 피곤한 날이었다. 누군가와 이야기를 나누는 내내 즐겁고, 끝나면서도 밝은 미소로 헤어질 수 있는 그런 시간을 보내는 날이 그렇다. 시간이 지나면 아무래도 몸은 피곤해지게 마련이다. 예를 들어 누군가에게 자신이 하고 싶은 말을 하는 경우가 그러하다. 내가 갖고 있는 것이 얼마나 많은지를 상대방에게 알려주는 게 아니라 상대방의 감정을 최대한으로 이끌어내는 것이 대화의 근본 목적임을 알기에 대화의 과정은 조심스럽고 예민해지며 결국 그것은 몸의 피로로 오게 된다.

몸이 힘들어지면 감정적으로 날카로워진다. 그 이유는 잘 모르겠다. 하여간 지나친 몸의 피로는 누군가 나를 건드리기만 하면 폭발할 준비가 되어 있는 상태로 몸을 만들어버린다. 이런 날은 일단 나 자신부터 조심한다. 괜한 이유로 다툼이 일어나게 되면 평소보다 더 일이 커지게 마련이니까. 직장에서건, 가정에서건, 아니면 제3의 자리에서건 관계없이.

그런 날 점심시간이었던 것 같다. 아침 내내 즐겁고 보람됐지만 몸이 힘든 시간을 보낸 후였다. 마침 마땅히 누군가와 식사할 사람도 없었다. 점심시간이 임박한 때였다. 이럴 땐 수많은 사람 속에서 혼자 무엇인가를 먹어도 어색하지 않는 장소를 찾아야 한다. 백화점 지하 1층의 푸드코트가 제격이다. 물론 혼자이기에 좀 더 독립적으로 식사를 할 수 있는 장소란 사실 백화점의 복잡한 푸드코트에서도 마땅하지는 않다. 이럴 땐 그냥 회전초밥집이 최고다. 돌아가는 초밥들만 보면 되니까.

그날은 초밥을 고르지 않았다. 무엇인가를 고를 힘조차 없었나 보다. '계절 특미, 멍게비빔밥'이라는 문구가 보였다. 그래, 이거다. "멍게비빔밥 하나 주세요!"라고 외치곤 멍하니 앉아 있었다. 옆 자리가 텅 비어 있었는데 시간이 시간이어선지 금방 찼다. 여성 두 명이 왔다. 내 오른쪽 하나를 비워두고 그 옆에 앉았다. 한 명은 초밥을 먹겠다고 했고, 다른 한 명은 멍게비빔밥을 선택한 것을 귀로 흘려들었다. 그리고 얼마 시간이 지나지 않아서였다.

"멍게비빔밥 나왔어요" 하는 주방장의 말소리가 들렸다. 젓가락을 들었다. 숟가락도 꺼냈다. 하지만 그 멍게비빔밥은 나보다 늦게 온 옆의 여성에게 돌아갔다. 주위를 돌며 일을 도와주시는 분께서 음식을 그쪽으로 먼저 가져가버린 거다. 화가 났다. 신경질을 확 내어버릴지, 아니면 그냥 자리에서 일어나 다른 가게로 가버릴지 (딱히 갈 곳도 없었지만) 고민했다. 그냥 참기로 했다.

'아니야, 이런 일로 내 마음에 상처주지 말자. 모르고 그런 건데 말이야.'

마음을 다잡기로 했다 (정확히는 지금 다른 곳을 가도 자리가 마땅하지 않음을 알기 때문에 차선의 선택을 하기로 했다고 봐야겠다). 대신 따질 건 따지기로 했다. 주방장에게 약간은 볼멘 목소리로 말했다.

"멍게비빔밥, 왜 저는 안 나오죠? 먼저 왔는데…."

그러면서 흘낏 내 옆의 여성에게로 먼저 가버린 멍게비빔밥을 쳐다봤다. 주방장이 나를 바라봤다. 잠시 생각하는 듯했다. 고개를 살짝 기울이는 것도 잠시 화들짝 놀라며 "으악, 손님, 죄송합니다. 하아, 이거 참"이라며 당황한 표정을 지었다. 옆에 앉은 분들이 자신들의 이야기에 몰두해 있는 모습도 슬쩍 쳐다봤다. 그러더니 내 쪽으로 와서 이렇게 말했다.

"손님, 금방 만들어드릴게요. 대신 멍게 두 배로 올려드릴게요."

'멍게 두 배'라는 단어에 슬며시 웃음이 나왔다. 그리고 순간 불쾌했던 마음이 사라졌다. 뭐, 나중에 나온 걸 보니 두 배로 많이 나온 것도 아니었지만 말이다. 사람은 이렇듯 한줌도 안 되는 '멍게 두 배'에 마음이 좋아지기도, 슬퍼지기도 한다. 누군가를 행복하게 만드는 건 '멍게 두 배'만으로도 가능해진다는, 그동안 미처 느끼지 못했던 삶의 진리를 깨닫게 되었다.

함께 있어 주는 거 말고 아무것도 할 줄 모른다는 것의 '위대함'

말을 침묵할 것.

행동을 침묵할 것.

마지막으로 생각도 침묵할 것.

'말', '대화', 그리고 '언어'를 주제로 강연을 해달라는 요청을 종종 받는다.

그럴 때마다 부끄럽기만 하다. 나는 말을 잘하는 사람이 아니다. 대화에 성공했던 사람도 아니다. 지금도 말과 대화, 그리고 커뮤니케이션을 조금이라도 더 낫게 하고 싶어서 노력하는 사람일 뿐이다. 말과 언어에 대해서 어색해하고, 실수하고, 고민하며, 이제야 조금씩 개선해보려고 노력하는 사람에 불과하다.

이런 나에게 말에 관한 생각을 듣고 싶다고 요청을 한다는 사실 자체에 얼굴부터 붉어진다. 예전에는 무조건 안 된다고 했는데, 이제는 나와 같은 사람이 (대화에 실패하고 커뮤니케이션에 부족한 사람이) 더 이상 발생하지 않도록 하고 싶은 마음에 '편하게 나의 실패담을 들려줘야지' 하면서 강연 요청에 응하기도 한다.

어느 여름이 채 지나가기 전의 일이다. 서점에서 강의를 요청해 왔다. 요즘 서점들은 단순히 책만 파는 곳이 아니다. 문화 공간이다. 간단한 음료를 파는 것은 물론 작가들을 초청해서 함께 이야기를 나누는 시간을 갖는다. 그런 서점 중의 하나였다. '대화법'에 관한 내용으로 이야기를 해달라고 했다. 어떤 사람들이 나의 얘기를 듣고 싶어 할까, 의아했다.

나의 이야기를 듣길 원하는 사람들이 자발적으로 1만 원씩을 낸단다. 돈을 내고 나의 이야기를 들으러 오는 사람들이 있다고? 신청 인원이 없어서 폐강되기를 바라면서 (여전히 누군가 앞에 서서 말하는 일은 힘들다.) 일단 하겠다고 말했다. 하지만 한 명이라도 참석한다면 그 사람에게 나의 이야기가 조금이라도 도움이 될 수 있도록 준비를 나름대로 했다.

당일이 되었는데도 별다른 연락이 없었다. '몇 명이라도 모였

나? 폐강은 아니구나!' 생각하면서 서점으로 향했다. 너무나 멋진 서점이었다. 이런 서점이 동네에 하나 있으면 매일 와서 '놀고' 싶을 정도로 말이다. 매니저님이 반갑게 맞아줬다. "오늘 오시는 분 몇 명이나 되세요?"라는 나의 물음에 "지금까지 신청한 분이 30여 명 되고요, 아마 현장등록 하시는 분들 생각하면 50여 명 보시면 될 거에요"라고 답한다.

긴장감이 극대화되었다. 사람들 앞에 서는 것이 두려운 나, 진하게 커피 한 잔을 주문해서 마시곤 강의실 밖에서 서성거렸다. 사람이 몰려들었다. 숨이 턱 막혔다. 시간이 되었다. 서점에서 나를 소개해주고 앞에 나섰다. 앞에 있는 사람들의 눈이 부담으로 다가왔다. 어떻게 하지, 하다가 "너무 긴장돼서 그냥 시작할 수 없다. 노래 한 곡 하고 시작하겠다"고 말했다. 무슨 소리지, 하는 표정들. 에라, 모르겠다. 노래를 시작했다.

너 가는 길이 너무 지치고 힘들 때
말을 해줘 숨기지 마 넌 혼자가 아니야

우리도 언젠가 흰수염 고래처럼 헤엄쳐

두려움 없이 이 넓은 세상 살아갈 수 있길
그런 사람이길

끝났다. 오신 분들이 박수를 쳐줬다. 물론 큰 웃음과 함께. 나는 정말 음치다. 음정 이탈에 소위 '삑사리'까지 음치의 요소를 고루 갖췄다. 그래도 한 곡을 하고 나니까 부끄러운 게 없어졌다. 더 이상 부끄러울 게 없었다. 강의를 시작했다. 그리고 그 시간을 잘 즐겼다. 나는(들으신 분들은 어떠셨는지?).

이 노래, 가사가 참 좋다.

'너 가는 길이 힘들 때, 나에게 말을 해줘. 절대 너는 혼자가 아니야.'

가슴을 벅차게 한다. 내 곁에 있는 힘든 사람 누군가가 있다면 "넌 혼자가 아니야. 힘들면 나에게 말해줘"라고 하고 싶게 만든다. 어쩌면 내가 지금 그런 말을 듣고 싶은 건지도 모르겠다.

누군가 나에게 힘들다고 말한다면 나는 어떻게 해야 할까. 예전이라면 "응, 그건 이렇게 하면 돼!"라고 답을 정해주는 말투를 사용했을 테다. 하지만 이제는 그렇게 하지 않으려고 노력을 한다. 누군가 힘들다는 말을 하면 이젠 그 말을 끝까지 들어주고 그저 가

만히 옆에서 있어주는 게 맞다고 생각한다. 주위의 누군가 힘들고 어려우면 그저 다가서서 "함께 있어 주는 것 말고 할 줄 아는 게 없어서 미안해"라고 말하고 옆에 함께 있어주는 사람이 되는 것 말이다. 잘 알지도 못하면서 지적하고 충고하고 아는 척하는 사람이야 말로 얼마나 혐오스러운지.

지난달에 읽은 소설 한 권이 기억난다. 읽는 내내 착하디착한 주인공 '만수'의 고통에 마음이 아팠던 성석제 작가의 소설 『투명인간』이 그것이다. 이 소설의 에필로그는 이렇게 끝난다.

'소설은 위안을 줄 수 없다. 함께 있다고 말할 수 있을 뿐.'

간단하지만 이 문장이 품고 있는 깊고 넓은 뜻을 곰곰이 생각해본다.

도움을
요청할 권리

불쌍해서 도와주는 게 아니다.
인생에서 한 번 넘어진 그에게 손 내밀 뿐이다.
약간의 도움이 누군가에게 큰 도움이 된다는 것을
잊지 않겠다.

배움은 고통이다.

배운다는 것은 고통스러운 게 정상이라는 말이다. 배움이 그저 즐겁기만 하다면 그 배움은 두 가지 이유에서 실패다. 하나는 배움의 깊이의 부족함, 또 하나는 배움을 통한 실천의 부족함. 누군가 말했다. '배우는 곳은 그곳을 나설 때 아파야 한다'고. 배울 때뿐만이 아니라 배우고 나서 자신의 부족했던 점을 알게 된 후회와 반성으로 가슴을 쳐야 한다는 거다.

배움은 나의 영혼을 진료하고 또 치료할 수 있을 정도가 되어야 한다. 단순히 즐김이나 눈앞의 문제를 해결함은 배움의 진정한 의미가 아니다. 더 나은 미래를 위한 고통이 배움의 과정에서 느껴져야 제대로 배웠다고 말할 수 있다. 문득 나는 지금까지 무엇을 배웠고, 어떻게 배웠으며, 배우고 나서 어떻게 되었는지 궁금했다. 내가 사회인이 되어 배운 것들을 나열해봤다.

컴퓨터 활용 능력

프레젠테이션 기법

설득의 기술

제안 기술 향상 과정

엑셀 활용 능력

토익

쉽다고 단정할 만한 건 아니었다. 하지만 이러한 배움들 속에서 뭔가 빠진 것이 있는 느낌이 들었다. 그게 뭘까. 배우긴 배웠는데 왜 허전한 걸까. 그러다 '아차!' 하며 느끼는 게 있었다. 그것은 바로 이거였다.

'타인을 향한 배움.'

그렇다. 대부분 배움의 방향이 타인을 향해 있었다. 나의 자아 실현을 위한 것보다는 누군가에게 호소하기 위한 것이 대부분이었다. 나의 영혼을 살펴보고, 관찰하며, 좀 더 나은 내가 될 수 있도록 하는 배움은 어디에서도 찾아볼 수 없었다.

물론 지금까지 내가 받아들인 배움이 무작정 나쁘다는 건 아니다. 삼시세끼 잘 먹기 위해서는, 잘 자기 위해서는, 잘 입기 위해서는, 당연히 필요한 도구들을 배우는 것이니 그 가치를 무시할 수 없다. 하지만 균형을 좀 맞춰야 하겠다는 생각을 하게 된다. 타인을 향한 배움에도 게을리하지 말되 근본적으로는 '나를 향한 배움'에 관심을 갖고 싶고 또 가져야 함을 절실하게 느낀다.

이제 나를 배우려는 노력을 한다. 나의 마음을 다스리는 법, 나의 영혼을 아름답게 하는 법, 나의 지혜를 성장시키는 법 등에 대해 관심이 생겼다. 통제 불능의 기질을 억제하는 법을 공부하고, 정신을 안정시키는 방법에 대해 배우려고 한다. 어디 학원에 가야만 하는 건 아니다. 일상이 배움의 장場인 것을 알기 때문이다.

배우기 위해서는 '도움을 잘 청하는 사람'이 되어야 한다. 나 자신을 잘 케어하고 또 성장시키기 위해서라도 나보다 더 소질이 있다고 판단되는 사람에게 도움을 청하는 것에 부끄러워하지 않겠다고 생각했다. 지금까지는 괜한 자격지심으로 누군가에게 도움을 요청하는 것에 소홀했다. 앞으로는 도움을 청하는 사람이 되겠다. 나의 온전한 정신을 위해서라면 말이다.

내가 도움을 요청하겠다고 다짐한 만큼 누군가의 도움을 절대 쉽게 넘기지 않을 테다. 예를 들어 나의 아이들이 나에게 배움을 요청한다면 겸손한 마음으로 친절하게 알려주겠다. 그게 무엇이든, 큰 것이든 작은 것이든, 중요한 것이든 하찮은 것이든 함부로 나만의 평가를 내려 나를 필요로 하는 도움의 요청에 냉정하지 않을 것이다. 오히려 그렇게 도움을 요청하는 아이들의 용기에 박수를 보내고 격려를 하면서 이렇게 말하겠다.

"아빠에게 도움을 청하는 건 너의 권리야."

배우고 또 배움을 주고, 이런 세상이 진짜 인간의 세상이다.

들어줘야 할 때, 모른 체 해야 할 때

기다림의 시간.

무엇인가 들어주는 시간.

인간으로서의 존중을 해주는 시간.

초등학교 동창의 얘기다. 어느 날 그의 페이스북 게시물을 보게 되었다. 마음이 따뜻해졌다. 글 속에서 여유와 기다림이 한꺼번에 느껴졌다. 즐겁고 기쁘고 행복하기만 한 글은 아니지만 조용한 여유를 느낄 수 있는 내용이었다. 그 친구에게 메신저로 양해를 구했다.

"이 글, 내가 업어가도 되니? 내가 쓸 책에 한 꼭지로 모시고 싶어!"

그 친구는 "내 글이 무슨 책에 올릴 만한 내용이 되니? 모든 주부들의 삶일 뿐인데. 그래도 필요하면 그렇게 하렴"이라며 허락을 했다. 하루하루를 잘 살아내고 있는 한 여성이 매일의 일상을 어떻게 보내고 있는지 훔쳐보기로 하자.

*

비도 오고 그래서

가족들은 모두 다른 패턴의 주기를 가지고 있다.항상 일정한 건 아니지만 대개는 그렇다.
사인코사인곡선과 무리함수 그래프,#@$〈:~¥{?:그래프 등등. 모든 게 짬뽕된 가족들의 바이오리듬 속에서 나는 분주하게 움직인다.
누군가 언제나 바쁜 나에게 무슨 일로 바쁘냐고 물으면 나

는 그에 대해 딱히 답을 하지 못한다. 내가 해야 할 일이란 이렇다.

시아버님, 어머님, 친정 부모님이 어두워 보일 때에는, 조금이라도 그분들께 약이 된다면 이야기를 들어드린다. 아이들 표정이 무표정할 때에는, 알면서도 모르는 체하는 것이 도와주는 것임을 안다.
그렇다. 나의 일은 네 분의 부모님과 남편, 아이들의 '업됨과 다운됨' 사이에서 눈치채지 못하도록 서로 상계시키며 균형을 잡는 일이다.
그런데 요 며칠 시아버님부터 강아지까지 모두의 컨디션이 바닥이다. 부모님들은 세상을 향하여 누르고 누른 설움이 가득해 보이고, 아이들은 말할 수 없이 힘든 시간들을 고군분투하다가 문득 자신의 모습 앞에 섰을 때 당황한 모습이 역력하다.

오늘 같은 월요일, 어설프게 팥죽을 끓였다.
나는 CEO다, 나는 CEO다.

그래도 오늘은 잠깐 멍하니 창밖을 볼 수 있었다.
'능소화'였으면 좋을 저 꽃빛은 다시 보니 중장비용 포클레인이었다.

*

친구의 글로부터 삶의 지혜를 이렇게 또 하나 배운다.

짐승의 언어,
인간의 언어

사랑은 누군가의 행복을 위해서 있는 게 아니다.
사랑은 내가 얼마나 강한지 스스로 아는 기쁨을 위해 있다.
사랑은 강자가 약자에게 할 수 있는 하나님이 주신
강자의 권리다.

택배 아저씨를 불렀다.

과천으로 보내는 문서였던 것 같다. 일하고 있는 사무실에서 과천까지였다. 내가 가기는 싫고, 귀찮았다. 스스로 합리화를 했다.

'내 월급이 얼마인데 이런 문서 하나 들고 왔다 갔다 해야 해?'

회사 총무부에 요청하여 택배를 요청했다. 문서를 봉투에 넣었다. 수신자를 겉에다 쓰고 발신자까지 썼다. 봉지 커피 한 잔을 탔다. 어라, 벌써 10분이 지났는데? '뭐야, 이거 왜 이리 빨리 안 와?'

속으로 투덜댔다. 택시도 이제 휴대폰 어플리케이션을 이용하면 늦어도 3분 내에 오는데 택배가 왜 이래? 짜증이 생겼다.

총무부에 요청한 지 정확히 45분이 되어서야 두툼한 '가죽 택배 옷(?)'을 입은 아저씨가 오셨다. 얼굴을 찡그렸다. 상대방에겐 점심 지나기 전까지 보낸다고 했는데 벌써 열한시가 다 됐으니 '지금 출발하면 한 시간은 걸릴 텐데, 거기에 혹시라도 이 아저씨가 늑장이라도 부리면 어쩌나?' 싶은 마음에 볼멘소리가 나올 수밖에 없었다. 상대방으로부터 늦었다는 타박, 혹은 아직 도착하지 않았다는 짜증 섞인 소리를 듣기는 싫었다.

"아저씨, 아이 참, 뭐 이리 늦게 오세요. 점심시간까지 보낸다고 했는데, 빨리빨리 좀 오시지."

마음씨 좋아 보이는 택배 아저씨는 "허허" 웃으시며 "네, 점심시간 끝날 때까지는 별일 없이 잘 전달해드릴게요. 걱정 마세요"라며 문서 봉투를 받아 사무실을 나섰다. '뭐 이리 여유가 많아?' 기분이 나빴지만 그 뒤에다 "빨리빨리 좀 부탁드릴게요!"라고 말하는 것 말고 내가 할 수 있는 건 없었다.

다행이었다. 상대방으로부터는 잘 받았다는 문자메시지를 받았으니까. '그래, 빨리빨리 해달라고 채근이라도 하지 않았으면 분명히 늦었을 거야' 하며 다시 일상으로 돌아갔다. 그 일은 그렇게 잊히나 싶었다.

그 후 얼마 지나지 않은 어느 날이었다. 추석을 앞둔 때였다. 게다가 월말 결산으로 바빴다. 나에게 주어진 일을 바쁘게 처리했다. 점심시간을 기다리던, 조금은 느긋한 늦은 시간이었다. 그때였다. 옆의 김 대리가 택배를 부르는 전화를 들었다. 그런가 보다, 했다. 얼마 안 있다가 택배 아저씨가 왔다. 일전에 나의 택배를 처리해준 바로 그 아저씨였다. 김 대리가 그 아저씨에게 문서를 줬다. "허허" 하는 넉넉한 웃음소리와 사무실 문을 나서는 소리가 들릴 때쯤이었다. 김 대리가 사무실을 나서는 택배 아저씨의 뒤에 이렇게 말하는 것이 내 마음에 크게 크게 울렸다.

"추석 전이라 도로가 혼잡할 텐데 조심해서 배달하세요."

가슴이 뜨끔했다. 언젠가 내가 그분에게 했던 말들이 생각났다. '빨리빨리'를 외치던 나의 불친절한 단어가 '조심해서'라는 김 대리의 언어에 비교되어 너무나 부끄러웠다. 택배 아저씨도 누군가의 아빠요, 남편이며, 아들일 텐데 왜 나는 사람을 상대하는 말을 하지 못하고 물건을 상대하는 것 같은 말을 했던 걸까. 나의 말은 인간의 말이 아니었다. 사람을 그저 사용의 대상으로만 보는 짐승의 언어였다.

말에는 값이 있다. '말을 주고받을 때는 금화와 은화만 사용하시오'라는 프랑스 속담도 있지 않던가. 누군가에게 말로 기쁨을 주기는커녕 말로 상처를 주는 사람이, 나의 가치를 깎아먹고, 남의 가치를 우습게 여기는 나의 말투는 도대체 무엇이었던가. 예전 서양에서는 사랑은 강한 사람의 권리와 같은 것이라고 했다. 그 권리란 사랑을 받는 권리가 아니라 사랑을 줄 권리라고 했다. 나는 얼마든지 사랑을 줄 수 있는 강한 사람일 수도 있는데 짐승의 언어로 사랑과 거리를 멀리 두고 있었던 것이다.

설날이 다가온다.

다시 택배 아저씨를 뵙게 된다면 이렇게 말할 것이다.

"설날 전이라 도로가 혼잡할 텐데 조심하셔야 합니다. 설날, 복 많이 받으시고요!"

내가 죽을 때까지 후회하고 있을 수밖에 없는 그 한마디

사랑해서 필요한 것이다.

필요해서 사랑하는 것이 아니다.

지금 나는 그가 필요한가, 아니면 그를 사랑하는가.

그 친구는 울고 있었다.

하지만 곧 웃었다. 희미하게 미소를 보였다. 힘을 내어 하지만 떨리는 목소리로 말했다.

"엄마, 힘들지. 미안해, 내가 조금 더 잘할게."

자신의 이야기를 담담히 하고 난 후였다.

*

초등학교 4학년 때였어.

여느 날처럼 아이들하고 동네 놀이터에서 놀았어. 어두워서 친구 얼굴이 보이지 않을 때까지 있다가 집으로 들어간 여름날이었지. 이상했어. 집안의 공기가 무거울 수도 있다는 것을 그때 처음으로 느꼈으니까. 안방을 살짝 열어봤어. 아빠와 엄마가 얘기를 하고 계셨어. 얼핏 들리는 말에 뭔지 모를 두려움이 덮쳐왔어.

"한번 보자고. 별일 없을 거야. 아직 결과가 나온 건 아니잖아. 양성인지 음성인지…."

초등학교 4학년인 나도 보고 들은 건 있어. 암이라는 단어가 머릿 속을 슬쩍 스쳤어. 하지만 설마했어.

'괜찮을 거야. 엄마는 세상 끝까지 나를 돌봐줄 사람인데 말이야.'

그래도 불안한 건 어쩔 수 없었어. 동생이 와서 딱지놀이를 하자고 했어. 그날 딱지를 많이 잃었어. 화가 나지 않았어. 그냥 엄마 생각뿐이었어. 그리고 3년이 지났어. 나는 중학생이 되었고.

엄마는 자궁암 2기 선고를 받고 무던히도 투병 생활을 견뎌냈어. 지금이라면 아마 완치되지 않았을까? 오래전이었기에 2기가 3

기로 그리고 여기저기로 전이되는 걸 막지 못했어. 힘들 땐 병원에 입원하기도 하셨지만 대부분 집에서 통원 치료를 하며 버텨내셨어. 듬성듬성 나 있는 엄마의 머리카락이 보기 싫었어. 엄마가 보기 싫다니, 나는 딱 그 수준에 머물러 있었던 거 같아.

어느 날이었어.

엄마와 둘이서 저녁을 먹고 있었어. 지금 생각해보면 엄마는 이미 말기였어. 병원에 입원해야 했지만 엄마는 한사코 집에 머물면서 통원치료를 하겠다고 고집했어. 병원 생활의 고단함보다 얼마 남지 않은 시간을 가족과 함께 보내겠다는 의지였을 거야. 하여간 그런 날이었어.

별다른 말없이 저녁을 먹는데 엄마가 헛구역질을 하기 시작했어. 그즈음해서는 더 심해졌고 또 빈도도 잦았지. 나, 순간적으로 인상이 구겨졌던 것 같아. 하지만 여전히 엄마는 식탁을 향해 '우웩, 엑' 소리를 내며 힘들어하고 있었어. 그때 내 입에서 내뱉어진 말, 이미 오랜 시간이 지났지만 다시 주워 담고 싶은 말.

"더러워. 화장실에서 하지."

엄마가 돌아가신 지 벌써 20년도 더 지났어. 하늘에서 여전히 나를 물끄러미 보실 엄마에게 한마디 꼭 드리고 싶어. 엄마가 힘들

때 내가 했어야 한 말, 마음으로는 수백 번도 더 했던 말, 그래, 그거 말이야.

"엄마, 힘들었지? 미안해. 다시 만나면, 그땐 내가 조금 더 잘할게."

나는 엄마가 필요했어. 그리고 엄마를 사랑하기도 전에 엄마를 떠나보냈어.

되돌릴 수 없는 내 마음, 아마 죽을 때까지 마음에 담아둘 수밖에 없을 거야.

사랑하는 사람과 맛있는 음식을 먹는 것, 그것이 행복이다

사랑은 횟수다.
사랑은 작은 것이다.
사랑은 작은 것을 함께 하는 횟수다.

실화일까?

지난해 가족과 대화를 나누던 중학생 A(당시 15세)군이 가족이 보는 앞에서 아파트 베란다에서 뛰어내려 스스로 목숨을 끊었다. 이날은 지방에서 교사로 근무 중인 아버지가 집에 오는 주말이었고, 아버지가 '가족의 행복'이라는 주제로 가족회의를 소집했다.

"우리 가족은 행복한가?"라는 질문으로 이야기를 시작한 아버지는 마지막에 아들 A군의 성적이 떨어진 것을 문제 삼았다. 아버지가 "너만 공부 잘하면 우리 가족 모두가 행복할 텐데…." 하자, A군은 "그럼 나만 없으면 행복하시겠네요." 하며 자리를 박차고 일어나 투신했다. 《조선일보》, 2014년 11월 26일자, ["몇 개 틀렸어?" 입시入試 앞두고 과잉 관심. 무관심만 못한 독친毒親 아빠])

'가족의 행복'이라는 주제로 '가족회의'를 하는 아빠 혹은 남편, 생각만 해도 따뜻하게 느껴지지 않는가. 하지만 그 결론은 비극이었다. 실화일까, 라고 생각조차 하고 싶지 않은 참혹한 일이다. 세상 그 무엇과도 바꿀 수 없는, 잘생기고 건장한 아들이 이야기를 나누다 말고 열려 있는 베란다를 통해 추락하는 모습을 본 아빠와 엄마, 그리고 누나는 남은 생애를 어떻게 이겨낼 수 있을까.

행복이란 무엇일까.

나이를 한 살씩 먹어가면서 행복이 뭘까, 하는 생각에 집착하는 경우가 많아졌다. 행복하지 않다는 생각이 팍팍한 현실과 오버랩되면서 일상이 힘들었기 때문이리라. 행복을 알아보기로 했다. 하지만 행복이란 단어를 검색으로 찾아봐도 수많은 개념들만 어지럽게 흩어져 있을 뿐 나에게는 그 무엇도 마음에 닿지를 않았고 혼란스럽기만 했다. 그러던 어느 날 우연히 책 한 권을 읽었다. 얇고 또 쉽게 쓰인 책이었다. 그 결론은 이랬다.

"행복이란 사랑하는 사람과 맛있는 음식을 자주 먹는 것이다."

행복은 내가 원하는 바를 충족시키려는 게 아니다. 대단한 게 아니다. 행복이란 일상에서 좋아하는 사람과 맛있는 음식을 먹는 것일 뿐이다. 그 음식은 스테이크에 와인을 곁들일 필요도 없다. 동네 떡볶이 가게에서 먹는 어묵 한 꼬치와 순대 한 접시여도 충분하다. 행복이라는 주제로 가족회의를 소집하지 않아도 되고, 심각한 질문을 던지지 않아도 된다.

난 어제 행복했나.

사랑하는 누군가와 무엇을 함께 먹었는지 기억해보자.

난 오늘 행복한가.

사랑하는 누군가와 무엇을 함께 먹고 있는지 바라보자.

난 내일 행복할까.

사랑하는 누군가와 무엇을 함께 먹을지 생각해보자.

토요일 저녁 먹을 시간이 다가오고 있다. 사랑하는 사람들, 그러니까 아내 그리고 아이들과 동네 중국집으로 자장면에 탕수육이나 먹으러 가야겠다.

5

한 그릇의 음식 앞에서 사람은
웃을 수도 울 수도 있다

부부 관계는 나이가 들수록 균형을 잡아간다. 어깨에 힘주고 목소리 낮추던 남자들이 나이 마흔을 넘어서면서 아내의 눈치를 보고 아내를 바라보고 아내를 무서워하게 되니 말이다. 부부 간의 힘의 균형은 어느 시기에 이루어지는 게 아니라 부부간 살았던 전 생애를 평균으로 해서 계산해야 하는 것 아닐까 한다. 설명하자니 말이 흩어진다. 요약하면 나이를 들수록 남자에게 필요한 것은 아내라는 말이다. 자신이 어느 회사에서 어떤 위치에 있는지, 사업해서 돈을 얼마나 벌었는지에 대한 중요성은 희미해진다. 돈이나 명예보다는 가족과의 관계가 중요하며 그 핵심에는 '도대체 어떤 마누라를 갖고 있는가?' 아니 '과연 어떤 아내님을 모시고 있는가?'가 자리 잡게 된다.

고등학교 동창 하나는 5년째 기러기 아빠로 지냈다. 아내와 아들과 딸을 캐나다에 보내고 혼자 산다는 그 친구의 말을 처음 듣고 우리들은 '이제 자유네, 자유! 부럽다, 부러워!'라며 일종의 축하(?)를 보냈다. 우린 정말 몰라도 '더럽게' 몰랐다. 그놈의 입가에 희미하게 깃든 상실의 느낌을 놓쳤던 거다. 그는 은행원이었다. 결혼하고 아이 하나가 있었다.

거기까진 대충 남자들의 일상과 비슷하다. 하지만 아이가 초등학생이 될 때 아내의 욕심(!)과 아이의 소원(?)을 들어준다고 덜컥 기러기 아빠의 길을 택했다.

그가 변했다. 은행원 아니랄까 봐 늘 '스탠다드'한 옷차림에 2대8 가르마가 어울리던 그였지만 어느새 헝클어진 머리와 삐져나온 와이셔츠가 볼썽 사나왔다. 몸에선 늘 돼지 비린내가 났다. 은행 월급으로도 모자라 그는 프랜차이즈 삼겹살 가게를 한 거다. 살던 집은 전세를 주고 자신은 신림동 고시촌의 어느 원룸에서 혼자 생활했다. 밖에서 보는 우리에게 그는 '기러기 아빠'의 표시가 너무나 선명했다. 늘 지쳐 있었고, 말이 줄었으며, 웃음이 사라졌다. 우리는 걱정했다. 저러다 큰일나지. 신문에 나오는 기러기 아빠의 자살 얘기가 남의 말 같지가 않았다.

그랬던 친구가 최근에 동창회에 나왔는데 얼굴이 훤했다. 아내와 아이가 귀국했다는 거였다. 중학교를 앞두고 한국에서 공부를 하는 편이 낫겠다고 결론을 냈단다. 윗사람의 눈치를 보며 부업으로 하던 삼겹살

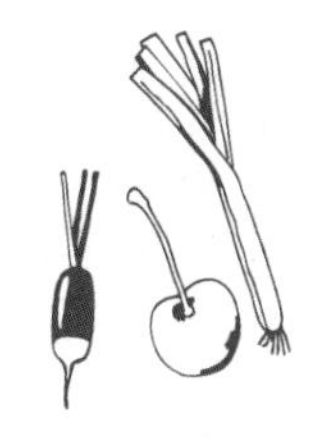

가게도 정리했고 예전에 살던 집으로 다시 들어갔다고 한다. 그러면서 한마디 한다.

"삼겹살 가게를 하면서 평소에 내가 그렇게도 좋아하던 고기를 원도 없이 먹었지만 늘 맛이 없었어. 고기가 아니라 고무를 씹는 것 같았을 때가 한두 번이 아니었지. 그러다 오랜만에 아내가 차려준 된장찌개를 먹는데 왜 그렇게 맛있는지! 니들, 아내님들 잘 모셔라!"

그러면서 말한다. 기러기 아빠로 혼자 살던 실력을 살려서 내일로 다가온 아내 생일상으로 미역국을 끓여줄 거라고. 그래서 오늘은 1차만 하고 집에 들어가봐야 한다고. 그 말을 듣던 우리들은 '미친놈!'이라고 타박했지만 그의 밝은 표정에 기분이 좋아졌던 것도 사실이다. 그날은 1차로 끝났다. 우리 모두 왠지 그래야 할 것 같은 느낌이 있었나 보다. 생각해보니 보름 후면 아내의 생일이다. 나도 준비해야겠다. '아내 생일날 먼저 일어나 미역국 끓여주기' 말이다.

‘좋은 말 자격증’을 발급해드립니다

인간은 배울 수 있는 존재다.
인간은 배울 줄 아는 유일한 존재다.
인간은 배운 것을 활용할 수 있는 존재다.

영화 〈이층의 악당〉에서 김혜수의 대사는 서늘했다.

한국 남자들은
나이 처먹어가지고 아저씨 되면
아무한테나 조언하고 충고하고,
그래도 되는 자격증 같은 게 국가에서 발급되나 봐.

누군가로부터 '도대체 이 사람이 뭔데 나에게 이렇게 막말을 하지?' 하는 느낌을 받았던 대화의 순간들이 머리에서 떠오른다. 조직에서의 상하관계, 기업 간의 갑을관계 등 공식적 만남의 대화 현장을 떠올릴 때면 더욱 그렇다. 정말 운이 없으면 가장 행복하고 편안해야 할 가정에서조차 누군가의 막말을 온몸으로 받아내야 하는 관계에 처할 때도 있다. 그러한 상황 속에서 나라는 하나의 인격체가 아무것도 할 수 없이 오직 모욕과 경멸을 받아내야만 하는 상황에서는 자존감에 깊은 상처를 받기도 한다.

'아무 말 자격증.'

유형의 자격증은 아니지만 알게 모르게, 즉 무형의 '아무 말 자격증'을 갖고 있는 사람으로 행세하는 사람은 우리 주위에 얼마나 많은가. 함부로 말을 내뱉는 사람을 만났을 때 우리의 비참함은 또 어땠나.

언젠가 카페에서 본 일이다. 퇴근 후 오랜만의 평안함을 만끽하던 순간이었다. 에스프레소 한 잔을 앞에 놓고 책 한 권과 함께 하는 나를 위한 위로의 시간이었다. 그때였다. 주문받는 곳에서 옥신각신하는 소리가 들렸다. 머리가 허연 중년 남성 하나가 카페의 아르바이트 학생으로 보이는 젊은 청년 앞에서 윽박지르고 있었다. 나의 평화가 깨지는 순간이었다.

불편한 마음에 귀에 걸쳤던 이어폰을 빼고 그들의 대화를 들어 봤다. 별일도 아니었다. 아이스 아메리카노를 주문했는데 따뜻한 아메리카노가 나왔고 이에 바꿔드리겠다고 했는데 "시간도 없는데 왜 주문을 제대로 못 받았냐?"가 클레임의 시작이었던 거다. 이에 대해 아르바이트 학생의 말하는 태도가 마음에 안 들었나 보다. 계속 대화를 엿들었다.

남자 : 여기 왜 이래? 서비스 교육을 이 따위로 받아?

점원 : ….

남자 : 왜 대답이 없어! 묻는 말에 대답하라고? 응!

점원 : 죄송합니다. 그런데 그게….

남자 : 이거 참, 답답하네. 학생이 자꾸 말대답을 하니까 말이 길어지잖아!

점원 : ….

말을 하라는 건지, 말라는 건지. 지켜보고 있던 나는 그만 실소失笑를 하고 말았다. 가서 말릴까, 생각도 했지만 괜히 봉변만 당할 것 같은 마음에 (소심하기는!) 그냥 앉아 있고 말았다. 아무런 대꾸도 못하고 일방적으로 중년 남성의 침 튀기는 말을 코앞에서 듣는 알바생의 처지가 안타까웠다. 저 친구는 오늘 밤, 어디에서 저 분노를 풀어낼 수 있을까. 막말하는 중년 남성과 같은 '인간'의 (왜 이럴 땐 사람이란 단어 대신에 인간이란 단어가 어울리는 걸까?) 막말을 무자비하게 들어야만 하는 알바생의 서러움이 나에게도 느껴졌다.

이런 일들, 비일비재하다. 그러다 보니 어느 식당에서는 아예 점원들의 유니폼에 '남의 집 귀한 아들'이라고 크게 프린트해놨다고 한다. 음식을 주문할 때 반말을 하거나 계산할 때 카드를 던지는 등 아르바이트 학생에게 함부로 행동하는 사람을 보고 한 가게 주인이 입혀놨단다. 마음이 짠하면서도 한편으로 '갑질' 하는 고객에게 할 말은 하겠다는 당당함이 마음에 들었다. 특히 아이들을 키우는 입장이 되다 보니 이런 가게 주인의 행동에 공감이 된다. 내 아들이 누군가의 막말에 마음에 상처를 받고 있다면 부모인 나의 마음은 얼마나 찢어지듯 아플까.

'손님은 왕'이라고 한다. 하지만 그건 손님이 왕으로서의 태도를 보일 때 적용되는 말이다. 손님이 왕이 아닌 거지로 행동한다면 그건 거지의 대접을 받아야 하지 않을까. 손님이라고 해서 종업원인 아르바이트 학생에게 무슨 말이라도 내뱉을 수 있는 '아무 말 자격증'이 부여된 건 아니다. 서로 존중하며 배려할 때 최고의 서비스도 나온다.

최근에 한 패스트푸드 전문점을 방문했다. 우연히 매장 직원의 명찰을 보게 되었다. 명찰에는 이름 뒤에 '님'을 붙여놨다. 좋은 시도다. '아무 말 자격증'을 가졌다고 착각하는 사람들에 대항하기 위한 소심한 저항일 수도 있겠다 싶었다.

대한민국에는 수많은 자격증이 있다. 개인적으로 '좋은 말 자격증'을 주는 공인기관이 있으면 하는 생각이 든다. 필기도 보고, 실기도 보고 해서 일정 수준 이상의 사람들에게 '좋은 말 자격증'을 수여하는 거다. 괜찮지 않은가. 세상의 모든 '아무 말' 인간들이 '좋은 말'을 배우고 익혀 그것을 활용하게 만들게 하는 것만큼 세상을 아름답게 하는 일도 없을 테니 말이다. 이왕이면 '좋은 말 자격증'이 없으면 회사에 취직조차 못하게, 자영업을 하지 못하게, 태그를 신체에 부착하여 가게에 들어가지도 못하게 만들어버렸으면 좋겠다.

그 기관의 초대 원장은, 나였으면 좋겠다.

'쓸데없는 관심'과 '진정성 있는 위로'를 구별할 것

바보는 말하지 않는 사람이다.
말하는 멍청이보다는 바보가 낫다.

관심이란 무엇일까.

"남친 있어? 결혼 안 해?"

"아직도 신혼이야? 왜 아기를 안 가져?"

"일부러 승진 미루는 거야? 왜 팀장 안 해?"

우리가 일상에서 누군가에게 스스럼없이 던지는 말들이다. 이 말들, 과연 쉽게 사용해도 되는 표현들일까?

최근에 남친과 혼수문제로 결혼이 어긋나 버렸다면?

왠지 모를 문제로 불임不姙의 고통을 버티고 있다면?

몇 년간 팀장 후보자 명단에만 오르고 정작 보임補任은 받지 못하고 있다면?

상대방의 마음에 상처를 줄 수도 있는 이런 말들을 우리는 아무렇지도 않게 한다. 그걸 '관심'이라고 스스로 포장한다. 정작은 관심을 준 게 아니라 모욕을, 고통을 준 것인지도 모르면서. 이런 말들에 상처를 받은 사람들이 이렇게 되갚으면 정작 자신은 참지 못할 거면서.

"아내 있으세요? 계속 같이 사실 거죠?"

"아이 있으세요? 말 잘 듣고, 공부 잘하죠?"

"언제 사장님 되실 거예요? 팀장만 계속 하실 건가요?"

한 소설가는 이렇게 말했다.

사람들이란 사실 남의 일에 별다른 관심이 없습니다.

관심이 없기에 그런 무례한 질문들을 아무렇게나 생각 없이 내뱉는 겁니다.

남에 대해 함부로 말하는 사람의 특징이 있다. 그들은 그런 말을 통해 남의 불쾌감을 자신의 우월감으로 느껴보고 싶은, '실제로는 열등감 덩어리'인 인간이다. 주위에 이런 사람들을 발견하면, 그런 말들을 고스란히 받아야 하는 입장에 서게 된다면, 떠나야 한다. 모른 체해야 한다. 무시해야 한다. 문제가 있다. 무례한 사람들이 '어쩔 수 없이' 가까운 사람들일 경우다. 자신의 직장 상사이거나 무엇인가를 배워야 하는 스승이라면 정말로 힘든 시간들이 될 수밖에 없다.

한 독서 모임에 참석하게 되었다. 리더인 운영자가 기억난다. 나보다 나이는 한참 어렸다. 하지만 어른스러웠다. 조용하면서도 친절한 모습으로 모임을 잘 꾸려나갔다. 그분은 누군가에 대해 함부로 질문하지 않았다. 그냥 묵묵히 들어주는 사람이었다.

언젠가 모임 후 맥주 한잔을 하러 간 적이 있다. 맥주를 마시고 시끄럽게 이야기하는 회원들 사이에서 그는 조용히 듣고만 있었다. 이야기는 자신이 겪었던 힘들었던 일로 흘러갔다. 누군가는 울었고, 누군가는 슬퍼했으며, 누군가는 화를 냈다. 그때였다. 누군가 그에게 "어떻게 생각하세요, 운영자님은?"이라는 질문을 했다. 그는 이렇게 말했다.

"제 생각이요. 음, 글쎄요, 제 생각이 뭐 그리 중요할까요. 괜히 저의 말이 여러분들이 말씀하신 것에 반대 입장처럼 들릴까 봐 말씀드리기 조심스럽네요. 여러분들이 직접 겪은 것보다 제가 더 치열하게 아플 수도 없을 것 같고요. 힘들고 어려웠던 여러분의 일들에 저 역시 마음이 울컥합니다만 오늘 같은 날은 여러분의 말을 들으며 그냥 아무 말 안하는 게 위로일 수도 있지 않을까요."

그렇구나. 가끔은 누군가의 힘들고 괴로운 일에 '아무 말 안하는 게 위로'일 수도 있구나. 우리는 헛되이 그리고 섣불리 누군가의 일에 조언을 하고 위로를 하려 한다. 하지만 그보다 더욱 진정한 위로가 되는 것은 누군가의 이야기를 묵묵히 들어주는 것, 바로 그것이다.

‘아모르파티’와 ‘카르페 디엠’

영원을 사랑하려면,
지금 이 시간을 사랑하라.

노래 하나가 마음을 들썩이게 한다.

산다는 게 다 그런 거지 누구나 빈손으로 와
소설 같은 한 편의 얘기 세상에 뿌리며 살지
자신에게 실망하지 마 모든 걸 잘할 순 없어
오늘보다 더 나은 내일이면 돼

인생은 지금이야
아모르파티!

중독성 강한 멜로디가 인상 깊었다. 찾아보니 가사 또한 공감이 간다. 회갑을 눈앞에 둔 가수 김연자 씨의 노래다. 젊은 세대는 모르지만 〈수은등〉 등의 히트곡을 남긴 베테랑 가수지만 '매일 노래 연습을 하는' 끊임없는 노력이 그를 만들었다고 한다. 나이도 잊은 채 영원한 청춘을 사는 그가 멋지다.

'아모르파티Love of fate, 運命愛.'

알고 보니 그저 엉덩이나 들썩이게 할 정도의 단어가 아니었다. 영혼 속에서 깨우치고 있어야 할 의미를 지닌 말이었다. 독일의 철학자 프리드리히 니체의 운명관運命觀을 나타내는 용어라고 한다. '자신의 운명을 사랑'하라는 의미로, 인간이 가져야 할 삶의 태도를 설명하고 있다. 한자로는 '운명애運命愛'라고도 한다. 운명에 대한 사랑이라니!

니체에 따르면 삶이 만족스럽지 않거나 힘들더라도 자신의 운명을 받아들여야 한다. 그러나 운명을 받아들인다는 것은 자신에게 주어지는 고난과 어려움 등에 굴복하거나 체념하는 것과 같은 수동적인 삶의 태도를 의미하지 않는다. 니체가 말하는 '아모르파티'는 자신의 삶에서 일어나는 고난과 어려움까지도 받아들이는 적극적인 방식의 삶의 태도를 의미한다. 즉 부정적인 것을 긍정적인 것으로 가치 전환하여, 자신의 삶을 긍정하고, 그에 대한 책임을 요구하는 것이다. 이제 나는 나에게 이렇게 말하려 한다.

"내 운명을 사랑하겠다!"

'아모르파티'라는 단어를 떠올리다 보니 비슷한 느낌의 단어 하나가 더 생각난다.

'카르페 디엠carpe diem.'

우리말로는 '현재를 잡아라', 영어로는 'Seize the day'로 번역되는 라틴어다. 영화 〈죽은 시인의 사회〉에서 키팅 선생이 학생들에게 자주 외치면서 더욱 유명해진 용어로, 영화에서는 전통과 규율에 도전하는 청소년들의 자유정신을 상징하는 말로 쓰였다. 키팅 선생은 영화에서 이 말을 통해 미래 (대학 입시, 좋은 직장)라는 미명하에 현재의 삶 (학창 시절)의 낭만과 즐거움을 포기해야만 하는 학생들에게 지금 살고 있는 이 순간이 무엇보다도 확실하며 중요한 순간임을 일깨워주었다. 알고 보니 유명한 스토아학파의 철학자 에피쿠로스가 처음 한 말이라고 한다.

'아모르파티'나 '카르페 디엠' 모두 듣기에는 멋지지만 우리는 보통 그저 흘려보낸다. 하지만 내 친구 하나는 그렇지 않았다. 초등학교 동창인 이 친구는 자신이 직장에서 들은 말 중에서 가장 감동적으로 들었던 말이 바로 '카르페 디엠'이라고 했다. 20여 년 넘게 한 직장에서 근무하고 있는 이 친구, IMF다, 금융위기다 하는 기업 위기 속에서도 나름대로 자신의 위치를 잘 찾아내고 또 성실하게 성과를 내는 이 친구가 한 말이라 귀가 솔깃했다. 누구에게 들은 거냐고 물어보자 자신의 직속상사에게 들은 말이라고 했다. 계속해서 대화를 이어갔다.

"그래? 네가 아주 존경하는 선배였나 보구나?"

"아니, 내가 모셨던 상사 중에 가장 싫어하는 사람 중의 한 분이었어."

"그런데…."

내 말이 끝나기도 전에 친구는 대답했다.

"정말 힘들 날이었어. 출근 중이었는데 회사 건물을 보자마자 구토가 나올 정도였으니까. 그날 큰 프로젝트 수주가 결정되는 입찰 설명회 날이었거든. 출근하자마자 회의가 시작되었지. 그 선배가 말하더군. '우리 오늘 하루 잘 살아보자. 오늘 하루를 잘 산다면 결과야 어찌 되었든 분명히 내일 후회는 하지 않을 테니까. 카르페 디엠!' 그래, 솔직히 정말 싫어하던 상사였지만 그날만큼은 '카르페 디엠'이란 문장을 가슴에 담기로 했어. 그날은 그래야만 할 것 같았어. 나의 열정을 다해 고객과 함께 하려고 노력했지. 그리고 결과는 이전까지 찾아볼 수 없는 대형 프로젝트를 수주하게 되었어."

말을 막았다.

"야, 네가 지나칠 정도로 회사형 인간인 거 아니야? 싫어하는 선배에게 '카르페 디엠' 소리를 듣고, 또 그것을 받아들이고, 감동받고…."

냉소적으로 말하는 나를 그가 고개를 저으며 이렇게 말했다.

"회사에서는 감동받으면 안 되나? 그게 싫어하는 선배건, 좋아하는 선배건, 내가 받아들일 만한 것은 받아들이는 게 사람으로서의 당연한 도리라고 생각하는데. 어쨌거나 오늘 우리 '카르페 디엠'."

잊지 않겠다. '아모르파티, 그리고 카르페 디엠!'

이제 그만
화 풀어요

사랑이란
그가 옆에 있으면
더 이상의 그 누구도 존재하지 않게 되는 것.

헛된 망상 따위는 없다.

그녀가 지금도 스물몇 살 적 귀엽고 청순한 모습을 하고 있으리란 순진한 생각은 접은 지 오래다. 그럼에도 그녀가 그리울 때가 있다. 가끔은 헤어지자는 말에 펑펑 울던 그 눈가와 뒷모습이 꿈에 나타났다. 다시 만난다면 어떤 모습일까, 아직도 가슴이 설렐까 하는 생각만으로도 가슴이 뛰었다. 나, 지금 그녀를 그리워하고 있는 걸까, 그 시절의 청춘을 그리워하고 있는 걸까.

그녀와의 첫 만남은 대입이 끝난 후였다. 파장 일보 직전의 고3 교실, 반장이 의기양양하게 외친 "내가 죽여주는 이벤트 마련했다. 이번 주 토요일 D여고랑 반팅이다!"라는 말에 환호성이 터졌던 기억이 난다. 지금이야 초등학생도 연애를 한다지만 그때야 어디 이성을 만난다는 게 쉬웠는가. 그날이 다가왔다.

장소는 중곡동 어린이대공원 매표소 앞 광장. D여고 몇 반 여학생들은 매표소 앞에 모여 있었다. 우리는 대로변 광장에 여기저기 흩어져 있었고. 반장이 여학생 쪽에 가서 뭐라 하더니 우리 쪽으로 와서 "반 번호대로 파트너를 정하기로 했다. 1번은 1번, 2번은 2번, 3번은 3번. 알지?"라고 했다. 우리는 1번부터 60번까지 '앞으로 나란히'를 한 후 매표소 쪽으로 갔다. 그리고 만났다. 나는 18번이었으니 당연히 여자도 18번. 그래, 그렇게 만났다.

그녀가 어떤 여자였는지는 중요하지 않다. 남자에게는 무조건 '첫 번째'가 중요하니까. 어쨌든 둘 다 공부를 못했던지, 아니면 눈이 높았던지 재수를 했다. 종합반은 같은 곳이 아니었지만 단과반은 함께 다녔다. 노량진에 있었던 정진학원, 한샘학원, 서울역에 있던 대일학원. 밤 10시 넘어 끝난 단과반 수업 후 지쳐서 먹던 대일학원 앞 떡볶이는 어찌나 맛있었던지.

그래서일까.

으슥한 대일학원 옆 골목에서 나눈 뽀뽀(그래, 키스라고 하자.)는 어찌나 매웠는지.

재수가 끝났다. 나는 대학에 입학했다. 하지만 그녀는 결국 실패했다. 더 이상의 진학에 얽매이지 않던 그녀 (넉넉지 못하던 가정형편 탓도 있다.) 작은 회사의 경리사원이 되었다. 그리고 몇 번을 더 만났고, 우리는 헤어졌다.

어떤 이유에서인지 모를 헤어짐을 결정한 그날, 우리는 허름한 연남동의 노래방 구석에 있었다. 나는 한 시간여 내내 무덤덤하다는 듯 노래책만 뒤적였다. 그녀는 조용히 이런 저런 생각을 했고 가끔씩 노래를 했다. 그녀의 마지막 노래였던 것으로 기억난다.

우리들이 나누었던 몇 마디 때문에
그대 너무 고민하지 않았으면 해요.

어제 내가 했던 말은 진심이 아니었는데
그댈 아프게 했다면 내가 미안해요.

그대가 나의 모자란 부분
채워 줄 수가 없다면 내가 노력할 테니

마음에 없는 헤어지잔 말 하지 말고
이제 그만 화 풀어요.

그녀는 나에게 이제 그만 화를 풀라고 말했다. 노래로.

실제로는 화를 풀어줘야 할 사람은 나였고 화를 풀어야 할 것은 그녀였다. 그때 미안하다고 했어야 했다. 하지만 그 노래에 응답하지 못했다. 그런 내가 지금까지도 부끄럽다. 헤어지더라도 서로 화 정도는 풀고, 이왕이면 좋았던 기억들을 되새기면서 끝낼 수 있었는데.

늦었지만, 그것도 아주 늦었지만 지금에야 사과한다.

"미안해, 지금 사과할게. 이제 그만 화 풀어줄 수 있겠니?"

일류 인생으로 살아가기 위하여 필요한 것

성공하기 위한 두 가지 방법이 있다.
하나는 오로지 나의 힘으로 노력하는 것이다.
다른 하나는 나보다 더 나은 사람의 도움을 빌리는 것이다.

잘 나가는 회사는 무엇이 다를까.

동영상 파일 하나를 보다가 그 힌트를 얻었다. 한 방송사의 PD가 자신의 이야기를 나누는 자리였다. 그는 자신이 일하던 회사에서 부당한 압력을 받았다고 말했다. 결국 고유 업무에서(즉 프로듀서) 배제되었고 기존에 하던 일과 전혀 다른 기술 관련 일을 하게 되었단다.

마음의 상처는 물론 삶의 의욕조차 사라졌다고 했다. 자존심은 이미 바닥을 뚫고 지하로 떨어졌을 테다. 그러던 차에 우연히 프로듀서들의 모임에 참석하게 되었다. 그때 같은 회사에서 근무하다가 다른 회사로 이직한 선배 프로듀서를 만나게 된다. 선배는 이렇게 말했다고 한다.

"김 피디, 지금 그렇게 자리에서 밀려난 것을 보면 빠른 시간 내에는 다시 복귀하기 힘들 거야. 우리 회사에 오는 건 어때. 김 피디가 하고 싶은 대로 다 할 수 있게 도와줄게. 만들고 싶은 프로그램 다 만들 수 있을 거야."

이에 그는 이렇게 반문했다.

"에이, 선배님. 제가 지금 있는 회사에서 노동조합 집행부도 맡았던 사람이에요. 설마 거기에서 노동조합 간부 출신인 저를 뽑아 주겠어요?"

후배의 의구심에 선배는 "김 피디, 우리 방송사의 사주社主는 그 사람이 좌파인지 우파인지는 중요하지 않아"라고 말하면서 이렇게 마무리했다고 한다.

"그 사람이 일류냐 이류냐만이 중요할 뿐이야."

선배 프로듀서가 근무하고 있었던 방송사는 신생 종합편성사업자였다. 후배였던 김 프로듀서가 근무하고 있었던 회사와는 업력業力에서는 비교조차 할 수 없는 곳이었다. 하지만 몇 년 새 급성장하여 뉴스 시청률 등에 있어서 이미 기존의 방송사를 압도하는 실적을 자랑했다.

난 여기서 일류의 조건을 하나 찾아냈다.

누군가의 성향 따위는 (그것도 헌법이 차별해서는 안 된다고 인정한 정치적, 종교적 선호도 등) 문제조차 삼지 않는 조직 문화의 포용성이 실력 있는 인재를 흡수했다. 그러한 노력들이 모이고 모여 실력과 다양성이 종합된 조직 문화를 형성했을 것이고 결국은 높은 시청률 등 성과라는 열매로 나타나게 된 거였다.

회사 등의 조직에만 일류를 선택하는 노력만이 필요한 걸까. 개인으로서의 나는 과연 어떠한가. 나만 아는 세상에서 안도하고 있었던 건 건 아닐까. 나와 다른 의견을 가졌다고 실력 있는 사람을 외면하고 있지는 않았던 걸까. 나에게 편하고 즐겁고 그런 사람만 곁에 두고 있었던 것은 아니었을까. 내가 성장할 수 있도록 도와주는 사람을 찾는 것에 게을렀던 것은 아니었을까. 나와 다른 의견을 아낌없이 들어주는 그런 사람이 되지 못하고 있는 건 아닐까. 나는 그동안 이렇게 말하지 못했다.

"나보다 나은 당신의 능력을 배우고 싶습니다."

이젠 당당하게 말하련다. "나보다 뛰어난 당신의 실력을 배우겠다"라고. 나와 다른 것을 받아들이는 다양성, 그게 어쩌면 일류가 되는 진정한 지름길이다. 나와 다른 성향의 사람일지라도 그에게 단 하나의 배울 것이 있으면 찾아내고 또 배우는 능력, 지금 나에게 필요한 기술이다. 내가 이류가 아닌 일류가 되기 위해서라도 말이다.

떠난 연습,
떠날 연습

인생의 효용은 길이에 있지 않다.
짧게 살고도 오래 산 자가 있음을 기억하라.

한 남자가 호프집 화장실에 쓰인 시(?) 한 구절을 본다.

여자는 꽃, 꽃이다.
꽃은 꺾지 마라.

소변을 털어내던 그 남자는 생각했다.
'내가 꺾은 꽃. 영선이, 선영이, 혜선이… 아, 기억이 가물가물하

군.'

한 줄을 더 읽어 내려간다.

여자는 꽃, 꽃이다.
꽃은 꺾지 마라.
꺾은 꽃은 버리지 마라.

'내가 버린 꽃. 영선이, 혜선이….'

마지막 한 줄이 더 있다.

여자는 꽃, 꽃이다.
꽃은 꺾지 마라.
꺾은 꽃은 버리지 마라.
버린 꽃은 다시 줍지 마라.

'내가 다시 주운 꽃. 혜선이…. 아, 무서운 와이프, 혜선이. 결혼 전에 이 시를 읽었다면 다시 줍지 않았을 것을….'

인터넷을 검색하다 우연히 보게 된 우스갯소리다. 실상은 전혀 다르다. '다시 줍지 않았을' 와이프지만 실제로는 '사라지면 어쩌지' 하고 전전긍긍하게 되는 게 대한민국 모든 남자들, 특히 중년이라도 넘어선 남성들에게 놓인 현실이다.

세상 모든 남자들이 의지하고 싶어 하는 것은 예수님도, 부처님도, '공자님 말씀 해주시는' 성인聖人도 아니다. 그들은 오로지 아내에게 의지하고 싶어 한다. 들은 바에 의하면 중년 남성의 공포는 '갑작스런 아내의 부재'에 있다고 한다. 고1, 중2 두 아들의 아빠인 회사 선배의 이야기다.

"벌써 몇 번째인지 모르겠어. 애들이 중학교에 가고 혼자서도 밥을 챙겨 먹게 되니까 아내가 달라졌어. 부쩍 외출이 잦아졌지. 그런데 그냥 외출이 아니야. 아예 당일치기, 1박 2일 여행도 서슴없이 다닌다니까. 처음엔 스트레스 해소를 위해 필요하려니 했지. 요즘 여성들 우울증이 많다고 하니 겁이 나서도 말릴 수가 없었어. 그런데 너무 잦게 외출, 외박을 하니까 가슴이 덜컥 내려앉아. 아내가 무슨 말할 때 제일 무서운 줄 알아?"

"무슨 말이요?"라는 물음에 선배가 한숨을 쉬더니 말을 잇는다.

"'곰탕 끓여놨어요. 반찬은 장조림하고 김치를 냉장고에 넣어놨고요. 챙겨 드세요'하면서 노랑이랑 연두랑 화려한 등산복 입고 웃으면서 말하면 무서워."

"곰탕 끓여놨어요"라는 아내의 말은 중년 남성에게는 공포 그 자체다. 아내가 집 밖에 나가 있는 동안 남자 혼자 생존해야 한다는 의미이기 때문이다. 한 번 불만 붙여놓으면 오늘이고, 내일이고, 모레고 끓여 먹어도 되는 곰탕. 아내는 곰탕 한 솥만 남겨두고 내장산 단풍 구경에 온양 온천 관광에 '홀가분하게' 나선다.

남자는 아내의 '홀로 외출' 혹은 '홀로 외박'을 보며 '늙어감'을 실감한다. 나이가 든다는 것이 모두 나쁜 것은 아니라고 한다. 시간을 이겨내면서 삶을 알고 사람을 알고 자연을 알게 되니까. 하지만 홀로 곰탕과 지내야 하는 시간이 많을수록 나이 들어감은 그냥 그렇게 늙어감의 허전한 느낌이 가득함도 사실이다. 내가 생각하는 나는 아직도 소중한데, 세상을 이제 정말 아름답게 보고 싶은데, 그리고 그동안 소홀했던 아내와 이제부터 삶에 집중하고 싶은데 말이다.

너무 남자 위주의 생각일까? 어쩌면 아내도 곰탕과 며칠을 함께 해야 하는 나에 대해 미안함을 갖고 있는 것은 아닐까. 세상의 일에 몰두한다고 아내와 관계를 소원하게 만든 건 다름 아닌 나다. 그 빈 공간을 갑자기 채우려 든다면 아내도 어색할 수 있다. 아내도 나와 가까워질 수 있는 시간이 필요하다. 지금은 나와 아내가 모르는 동안 균열이 생긴 부부관계의 틈을 메워야 한다. 그 틈을 어쩌면 '아무 죄도 없는' 곰탕이 막아주고 있는 것인지도 모른다. 나는 곰탕에 감사해야 한다. 곰탕을 세 번, 네 번 우려내어 먹으면서 아내에게 서운했던 것들을 반성해야 한다.

부부 대화의 팁 (물론 곰탕을 하염없이 재탕, 삼탕 먹어야 할 남편을 위한) 하나를 선물한다. 아내가 등산복을 입고, 외출을 위한 화장을 하고, 곰탕을 끓여놓고 집을 나가며 곰탕을 끓여놨다고 하면 이렇게 말할 것!

"곰탕 좋지! 잘 다녀와! 무사히 다녀오면 내가 콩나물국 시원하게 끓여놓을 테니!"

참고로 위의 말은 대학교 3학년 딸 아이 하나를 둔 52세의 여성분이 남편에게 들었으면 하는 멘트다. 부부란 누가 먼저든 한쪽을 영영 떠나기 마련이다. 영영 떠나기 보내기 전에 며칠 정도는 쿨cool하게 떠나보내는 연습부터 대한민국의 남편들이 시작해야 한다.

하고 싶은 것을 하렴.
아빠가 든든한 버팀목이 되어줄게

청춘은 기회를 놓치는 시기다.

청춘은 놓친 기회를 통해 세상을 알아가는 시기다.

글 쓰는 게 취미다.

뭐라고 해야 할까. 재밌다. 언젠가부터 '작가'라는 이름을 듣게 되면서 더 재밌어졌다. 누군가 나의 이야기를 들어준다는 것, 가슴 뿌듯한 일이다. 그 사람이 누구든지 관계없다. 자신의 소중한 시간을 내면서 나의 이야기를 이리저리 구경하는 건 감동적인 일로 나에게 다가온다. 그래서 여전히 취미로서의 글쓰기이긴 하지만 내가 지금 쓰고 있는 이 글을 누군가 읽어줄 것이다, 라고 생각하면 가슴이 설렌다. 그게 내 삶의 재미인 것 같다.

하지만 글이란 게 어디 머리에서 나오는 것이 바로 손끝으로 이어지나. 어쩌다 그런 때도 있었다, 라고 말할 수 있겠지만 이는 어쨌거나 어느 정도의 노력이 필요한 일이다. 취미고, 재밌는 일이며, 가슴 설레는 일이지만 어쨌거나 서면 앉고 싶고, 앉으면 눕고 싶은 인간의 본능에 따르면 분명히 가만히 있어도 저절로 글이 써지는 건 아니다. 그럴 땐, 가끔, 요령을 피운다.

어느 날은 영 글이 써지지 않았다. 여름에서 가을로 접어드는, 아니 이미 가을의 한복판에 있을 때였다. 꽃게 수놈의 살이 실팍하게 오른 때였다. 꾀를 부렸다. 초등학교 친구들이 안부를 묻고 가끔씩 만나서 맥주 한잔 하는 온라인 커뮤니티에 이런 글을 올렸다.

"친구들아 지금까지 살아오면서 들었던 말 중에 기억이 남는 따뜻한, 감동적이었던 누군가의 말이 있는지 모르겠다. 혹시 있다면 댓글로 적어줄래? 그런 거 있잖아. 생각하면 가슴이 뭉클하고 한 번 더 고민하면 눈물이 나올 정도로 마음을 울컥하게 했던 말들. 썩 괜찮은 얘기를 써준 친구들 중에 세 분을 선정하여 무제한 전어구이와 소주를 대접하겠음!"

나의 계략(?)은 적중했다. 수많은 친구들이 댓글로 자신의 이야기를 들려주었다. 그러던 어느 날, 나에게 댓글이 아닌 메신저로 초등학교 친구가 말을 걸어왔다. 댓글로 올리기에는 민망하다면서 말이다. 그 친구는 자신의 이야기를 이렇게 들려주었다.

*

어렸을 적 아빠는 외국 출장을 가시게 되면
우리 다섯 남매에게 한 장, 그리고 또 한 장 격려와
희망의 글을 적은 엽서를 보내주셨다.

꾹꾹 눌러 사연을 가득 담은 엽서는
가끔 아빠보다 늦게 도착하기도 했다.

한 번은 편지의 말미에 내게 이렇게 쓰셨다.
"우리 딸, 아무 걱정 말고 하고 싶은 것을 하렴.
아빠가 든든한 버팀목이 되어줄게."

아빠의 지지와 사랑이 뭉글뭉글 느껴지는

마지막 글은 자존감 풍성한 어른으로 성장하는데
진한 밑거름이 되었다.

아직도 다 큰 딸들을 꼭 껴안고
빙글빙글 돌려주시는
큰 나무 같은 팔순의 아빠~~

그분의 버팀목 덕택에
지금 한 남자의 진실한 반쪽이 되어
두 아이의 푸근한 엄마로 살아갈 수 있는
또 다른 버팀목으로
성숙할 수 있었음이 분명하다.

그 친구는 이 글을 메신저로 보내고선, 왠지 뭉클한 마음에 답을 못하는 나를 아는지 모르는지 이런 말로 자신의 글을 마무리했다.

"완벽한 나를 원하는 게 아니라 있는 그대로의 나를 존중해주시던 아버지에게 지금도 늘 감사를 드리고 있어. 진심으로."

세상 모든 아버지, 사랑합니다.

당신의 아버지, 그리고 나의 아버지 모두!

우리는 헛되이 그리고 섣불리 누군가의 일에 조언을 하고 위로를 하려 한다.
하지만 그보다 더욱 진정한 위로가 되는 것은 누군가의 이야기를 묵묵히 들어주는 것,
바로 그것이다.

6

이 식탁에서 일어나기 전에
꼭 건네야 할 말이 있다

영화 〈올드보이〉의 주인공 오대수(최민식 분)는 "왜 내 이름이 오대수인 줄 아쇼. 오늘 하루도 대충 수습하면서 산다고 오대수요"라고 말했다. 나라고 뭐 달랐을까. 나 역시 하루를 대충 수습하면서 살아왔다. '대충 수습'하면서 산다고 하면 누구는 우습게 여길 게다. 하지만 아는 사람은 안다. 그 '대충 수습'이라는 게 얼마나 고단한 일인지 말이다. 정확히는 '대충 수습해 사는 하루'가 '대충 그렇게 끝나는 미래'로 다가올까 봐 가슴 졸이며 사는 스트레스는 이만저만한 게 아니다. 그러니 나를 위하는 시간을 엄두도 못 내곤 한다. 그런데 이제 조금은 달라지려고 한다.

언제부터인가 향수를 사용한다. 매일은 아니지만 생각날 때마다 옷깃에 살짝이라도 뿌려 스미게 한다. 계기는 이랬다. 어느 날, 버스를 탔다. 다음 정류장에서 내 또래의 남자가 내가 앉아 있던 뒷자리에 자리를 잡았다. 냄새가 났다. 텁텁하고 퍽퍽한, 대책 없이 '나이 듦'의 냄새. 술 냄새도 아니고 삼겹살 냄새도 아닌 뭔지 모를 비릿하면서도 역겨운 아무 희망도 없는 나이 듦의 냄새, 어쩌면 악취. 그를 탓할 수 있을까. 그 누구도 자신을 위로해주지 않는 하루를 담배와 술로 스스로 격려하였을 뿐인데 말이다.

그럼에도 도저히 맡지 못할 구취口臭 섞인 비린 돼지 냄새에는 도저히 참을 수가 없었다. 그런 한편으로 나 역시 겁이 덜컥 났다. 나에게도 저런 냄새가 혹시 나는 거 아니야? 아직 시내였기에 무작정 내렸다. 어느 가게인지 모르겠다. 향수를 아무거나 하나 집었다. 돈을 내어 계산을 하자마자 건물 안 화장실에 갔다. 목 주위에, 옷 안쪽에 칙칙 뿌렸다. 기분이 좋았다 그 이후 향수를 사용한다. 향수를 나의 몸에 뿌릴 때면, 그래, 나를 위한다는 느낌이 들어 좋다. 나를 위한다는 느낌.

그 이후로 나를 스스로 위로하는 일에 신경을 많이 쓰게 되었다. 누군가로부터 위로나 칭찬을 받지는 못할망정 배척의 대상이 되어버림을 경계하기로 했다. 그 첫 번째는 일종의 '셀프 위로'였다. 내가 나를 위로한다는 것! 반겨주지 않을 어딘가에 목 매기 전에 내 스스로에 대한 탈

출구 혹은 스스로 위안할 수 있는 방법을 마련하기 시작했다. 직장에서 목숨을 걸고 일하는 만큼이나 남는 시간은 푼돈 아끼듯이 최선을 다해 자기 자신을 위했다. 퇴근 후 얼마 안 되는 한 줌의 시간, 주말 어쩌면 그냥 무의미하게 보낼 시간들을 알뜰히 챙겼다.

그때부터였을 거다. 먹는 것 하나도 허투루 지나치지 않겠다고 생각했다. 세상 그 누구도 나만큼 나를 사랑해주는 사람은 없다. 그렇다면 내가 사랑하는 나를 위해 나는 하루 종일 고민해야 한다. '어떻게 하면 나를 사랑할 수 있을까?' 하고 생각하며 먹는 거 하나까지 조심해야 한다. 이제 나는 과거의 나와 많이 다르다. 좋은 방향으로 개선되었다. 점심 식사를 하더라도 오로지 밥 먹는 것에 집중하려 노력한다. 다 먹고 났다면 나에 대한 격려도 빼놓지 않는다. "이 맛있는 음식들이 나의 몸에서 좋은 방향으로 에너지를 만들어낼 것이다"라고 말이다. 오직 밥뿐일까. 빵 한 쪽 먹더라도, 커피 한잔을 마시더라도 마찬가지다. 나에 대해 사랑의 말을 건네며 테이블을 일어선다.

엄마가 내 엄마여서 정말 행복해

여자다움은 모성과 같은 말이다.
세상의 모든 사랑은 그곳에서 시작한다.
물론 세상의 모든 사람도 그곳에서 시작된다.

'프로페셔널'이라는 말이 어울리는 선배 한 분을 안다.

아들, 딸을 잘 길러내고 지금은 자신의 사업체를 일구느라 한국과 미국을 오가는 선배다. 이 한 줄만 보면 남자일 것 같은데 이 분은 여성이다. 도대체 어디서 이런 에너지가 나오는지 궁금할 정도다. 그렇다고 가정생활에 충실하지 못한 것도 아니다. 이미 사회생활을 시작한 딸과 대학생인 아들은 누구에게 내보여도 부러움을 살 정도니 말이다. 능력이든 성격이든, 게다가 외모든 모두 그러하다.

이 선배를 만나면 성공비결을 물어보곤 한다. 대답은 늘 냉정한 말로 돌아온다.

"일단 시작해. 그리고 그걸 죽이 되든지 밥이 되든지 끝까지 해. 그럼 돼."

겨우 그거냐는 표정을 짓고 있으면, 이렇게 덧붙인다.

"세상 무서운 걸 한 스무 번 정도 빠저리게, 정말로 애가 타게 겪고 또 이겨내면 성공하지 말라고 해도 성공할걸!"

실망이었다. 너무 당연한 대답이어서.

내친김에 가정생활에 대해서도 물어봤다. 지금이야 다 컸으니까 모르겠지만 어렸을 때에는 어떻게 아이들을 길렀는지가 궁금해서였다. 답은 "그냥 둘 다 잘하면 돼. 사업이건, 가정이건"이라는, 역시 뻔한 대답. 여기서 물러설 내가 아니다. 하나 더 질문한다.

"그래도 정말 힘들고 그럴 때가 있을 거 아니에요? 그때는 어떻게 극복해요?"

선배는 이 말에 잠시 멈칫했다. '그냥 이겨내는 거지, 극복의 방법이 따로 있나?'라는 대답을 기다리고 있었는데 선배는 예상과 다른 말을 했다.

“그게, 요즘은 아들 그리고 딸이 하는 위로의 말을 들으면 세상과 부딪힐 힘을 얻게 돼. 지난주에 한국에 들어와서 남편 그리고 아이들과 저녁 식사를 했는데, 아들이 엄마가 열심히 일하는 모습을 보면서 자기도 엄마의 노력에 부응하고 싶어지더래. 자기도 늘 노력한다면서 내가 멋있어 보이고 존경스럽다고 하더라고. 남편도 있는 데 민망하게.”

살짝 붉어진 선배의 얼굴을 보면서 ‘부럽다’고 생각하는 순간 선배는 한마디를 덧붙인다.

“그러면서 아들이 말하더라고. ‘엄마가 내 엄마여서 정말 행복해’라고.”

겉으로 보기엔 강철 같고 대단하게 보이는 선배다. 하지만 내면으로는 고민도 많은 사람이었다고 자신을 말했다. 그런 자신에게 '존재로서의 자신'을 인정appreciation 해주는 아이들의 말이 힘이 되었다는 선배의 말에 공감했다.

그렇다.

어쩌면 내 주변의 가장 가까이에서 사랑을 주고받는 자녀 혹은 부모로부터 듣는 존중과 위로, 그리고 격려의 말을 듣는 인생이라면 그 인생이야말로 성공한 삶이 아닐까. 그러니 이 선배는 진짜 성공한 사람이 아닐 수가 없다.

브라보!

너 아픈 건
내가 다 가지고 가마

사랑은 격렬한 욕망 속에 있는 게 아니라,
매일 마주치는 평범한 일상 속의 작은 말들 속에 있다.

*

참 고생도 많이 했어. 어쩌다 대학 때 한 남자를 만났고 그 친구와 8년을 지냈고, 그래, 그러다 결혼을 했지. 준비된 건 아무것도 없었어. 그냥 서로의 마음만 의지하기로 했지. 힘든 시간이 시작되었어. 아이를 갖는 것도 미룬 채 남편은 공부를 한다고 박사과정에 들어가 지루한 시간과의 싸움을 시작했고 나는 남편의 기나긴 시간을 도와준답시고 초를 다투는 직장과 싸움을 해야 했지.

몇 년이 지났지만 나아지는 건 하나도 없었어. 서울에 붙어 있는 아파트 전세자금 대출이자는 늘 압박이었고 가구 하나 들여놓고 싶어도 20평대 초반의 아파트엔 공간조차 여유롭지 않았어. 뜻도 모를 남편의 과학 서적만 가득했을 뿐 내 공간은 찾을 수도 없었지. 조교수 임용을 꿈꾸는 남편이었지만 실상은 중고로 산 자동차 기름 값도 나오지 않는 시간강사 강사료에 늘 풀 죽어 있었고.

뭐 이쯤해선 대단한 사건이 하나 터져야 하는데, 그냥 우리는 그렇게 살았고 지금도 살고 있어. 남편은 학교에 남는 꿈을 버리고 지금은 지방 중소도시의 중견기업에서 관리직으로 재직하고 있고 나는 몇 번의 회사를 옮기다가 지금은 잠깐 쉬고 있지. 아, 그 사이에 예쁜 딸아이가 생겼다는 건 평범한 시간 속에 나에게 남아 있는 추억이네.

말이 길어졌네.

시어머니 얘기를 하려고 해.

별다른 즐거움도 대단한 것도 없는 시간들이었지만 우리 시어머니는 나의 가슴에 늘 함께 하는 분이셔. 아마 나이 마흔이 되던 는 해, 남편이 조교수 임용에 실패한 때였을 거야. 전화 너머 풀죽은 남편의 목소리를 들은 시어머니는 그다음 날로 집으로 오셔서 남편이 좋아하던 꽃게탕을 한가득 끓여놓고 가셨지. 그날만큼은 남편도 마음이 풀어지는 듯 했어.

그래, 우리 시어머니는 늘 그랬어. 나에게 이래라 저래라 하는 말씀 한마디도 없었지. 그저 너희 둘만 잘살면 된다고 하셨어. 오래전에 아버님을 하늘로 보내시고 아들 하나 바라보며 살아오신 분이셨지만 그런 어머니들이 보여주는 '자기 아들에 대한 배타적인 소유욕'을 찾아보기 힘든 분이셨지.

어느 날 암에 걸리셨어. 그리고 얼마 있다가 돌아가셨지. 몇 년 동안 건강검진 한 번 제대로 못해드린 나와 남편의 불찰 때문이었어. 말기에 시어머니는 요양원에 계실 수밖에 없었어. 극심한 고통 때문이었다고 생각하고 싶지만 사실은 아이를 키우느라, 다시 직장을 구하느라 정신이 팔린 나와 지방도시에서 주말마다 올라오는 피곤함에 절은 남편의 게으름 때문이었지.

시어머니가 돌아가시기 전주의 일요일 저녁이었을 거야. 미사리를 지나 팔당을 건넜어. 가평 가는 길목에 있는 요양원의 저녁은 쓸쓸했지. 노인 특유의 고린내 가득한 요양원 7층 6인실에서 시어머니는 죽음을 기다리고 있었어. 의외로 편해 보이셨어. 아마 그때 내가 우울증으로 고생하고 있었을 때였을 거야. 남편도 그걸 은연 중에 시어머니에게 이미 알렸고. 그런 나를 희미한 웃음으로 맞아 주셨어. 그리고 나의 손을 잡고 말씀하셨어.

"애기야. 너무 고마웠다. 너 아픈 거 내가 다 가지고 가마. 우리 아들, 그리고 손자 동민이 그리고 너를 위해서 내가 하늘에서 꼭 기도하고 있을게. 아무 걱정 말고 잘 살아야 해."

어머님은 돌아가셨지만 내가 지금 이렇게 잘 살아내고 있는 건, 그때 그 한마디 '고맙다'는 말이었던 것 같아.

*

나는 누군가에게 이 친구의 어머님처럼 진심으로 '고맙다'는 말을 해본 적이 있었던가.

생각해봤지만 정말 기억나지 않는다.

부끄럽다.

해서는 안 될 말을 끝까지 하지 않는 사람

어리석은 사람은 당장에 분노를 드러낸다.
현명한 사람은 모욕을 받더라도 덮어둔다.

나이가 들수록 기억해야 할 것이 있다.

'나이를 먹고 지위가 높을수록 입담보다 말투가 더 중요해진다.'

나이와 지위는 자신의 말에 대한 '영향력'과 직접 연결된다. 긍정적이든, 부정적이든 관계없이 말이다. 영향력이 커질수록 상대방의 입장을 잘 살펴야 한다. 자신의 영향력이 커졌음에도 상대방의 생각을 고려하지 않는 말을 하게 될 때 속된 말로 '꼰대'되기 쉽다.

그러니 '나이가 들수록, 지위가 올라갈수록, 무조건 겸손하겠다'는 생각은 누군가와 대화를 함에 있어 반드시 고려해야 할 첫 번째 사항이다.

대학원에서 상담과 코칭 등을 공부했다. 그 과정에서 '연구방법론'을 알게 되었다. 쉽게 말하면 '어떻게 연구할 것인가?'를 배우는 과목이다. 정밀한 연구를 위해서라는 목적도 있지만 그만큼 연구의 객관성을 높이려는 의지도 포함되어 있기에 이 과목은 의미가 크다.

'질적 연구'라는 방법론이 있다. 여기서 연구방법론에 대해 안내를 하기에는 무리가 있다고 생각하기에 생략하지만 이 연구방법론에서 중요하게 논의되는 얘기가 있으니 바로 '판단 중지'라는 기법이다. 개념이 낯설다. 판단 중지?

이 개념은 '연구자들은 자료수집 과정에서 수집될 자료와 관련해 자신들이 가지고 들어갈 수도 있는 선입견에 대해 판단을 중지해야 한다'는 의미를 지닌다. 연구자의 주관에 의해 이러저러한 방식으로 채색되기 이전의 살아 있는 자료를 수집하는 방법이다. 즉 연구자의 선입견이 들어가지 않는, 연구 대상에 대한 겸손한 이해를 위해, 연구 대상에 대해 '선부른' 판단을 중지한다는 말이 되겠다.

판단 중지.

지금 생각해보면 대학원에서 이뤄지는 연구방법론에만 필요한 게 아니었다. 특히 상대방이 있는 누군가와 관계를 맺어야 하는 모든 사람에게 반드시 적용되어야 하는 개념이었다. 나이가 많은 사람, 지위가 높은 사람이 자신보다 어리거나 직급이 낮은 사람과 대화할 때 가져야 할 기본적인 소통의 태도와도 직결된다.

상대방에 대한 사전적 선입견, 즉 판단은 대화에 있어서는 오히려 소통의 적이다. '어리석은 사람은 당장에 분노를 드러낸다. 하지만 현명한 사람은 모욕을 받더라도 덮어둔다'는 말을 들었다. 상대방에 대한 선부른 판단의 위험성을 경고한 이야기다. 일상에는 상대방의 생각을 들어볼 여유도 없이 함부로 말을 하는 경우가 너무나 많다.

예를 들어보자. 어느 날 남편에게 아내가 생활비를 요청한다.

말은 안했지만 아내는 명절을 앞두고 제사상에 차질 음식 준비를 위해 말한 거였다. 이럴 때 남편의 대답이 이러하다면 아내의 마음이 어떻겠는가.

"갑자기 무슨 돈? 왜, 첫째 또 과외 시키게?"

다른 예를 들어보자. 추석 다음 날, 중3 아이가 조금 늦게 일어났다. 추석이 끝나고 곧 있게 될 중간고사 시험 준비를 위해 밤늦게까지 준비를 하느라 그랬다. 그런데 아홉시가 넘어서야 부스스하게 일어나는 아이를 보고 퉁명스럽게 던지는 아빠의 한마디가 이렇다면?

"너 어제 또 게임했지?"

조심해야 할 잘못된 말투요, 말버릇이다. 누군가를 함부로 판단하는 말만큼 상대를 불쾌하게 하는 것도 없다. 만나면 말을 늘 편하게 그리고 상대의 심정을 거슬리지 않게 대화를 이끄는 선배가 한 분 계시다. 그분과 이런 저런 얘기를 나누다가 말을 잘하는 비결에 대해서 여쭙게 되었다. 그분의 말은 이랬다.

"말을 잘 하는 비결이라. 글쎄, 먼저 해서는 안 될 말이 뭔지를 아는 게 중요하겠지. 다음으로 해서는 안 될 말을 '끝까지' 안 하는 사람, 그래, 그 사람이 바로 소통의 달인 아닐까?"

'말의 달인이 되는 법', 다시 한 번 정리해보자.

첫째, 해서는 안 될 말이 뭔지를 안다.

둘째, 그것을 '끝까지' 말하지 않는다.

생각해보니 별 게 아니다. 그런데 실제 대화의 현장에선 정말 어렵다.

가끔은 꿈으로부터 도망가도 돼

'꿈을 꾸다'는 다가서는 일이 아니다.
차분히 그리고 여유롭게 기다리는 일이다.

꿈!

꿈에 대한 나의 이야기를 후배들에게 해달라는 말을 가끔 듣는다. 글쎄, 이에 대해 함부로 말해줄 자신이 없는 나는 매번 정중히 거부한다. 하지만 속으론 생각한다. 나는 꿈을 찾았다고 말이다. 좋은 회사의 직장인? 책을 쓰는 작가? 강연을 하는 강연자? 모두 아니다.

내가 찾은 꿈은 '누군가와 좋은 책을 읽고 서로 이야기하는 삶'

이다. '너무나 평범한 것에 대한 욕망 아닌가?' 하는 말을 들을지도 모르겠다. 하지만 수십 년간 나를 바라보면서 얻은 꿈이기에 나는 나의 꿈이 자랑스럽고 소중하다. 그리고 그 꿈을 보다 구체화하기 위해서 독서 모임을 시간이 날 때마다 쫓아다닌다.

꿈이라고 하면 우리는 그 꿈에 대한 생각보다는 그 꿈을 이루기 위한 고단한 과정에 우선 겁을 먹는다. 꿈은 클 수도 있다. 하지만 그 꿈을 이루기 위한 시작은 오늘 지금 여기서 내가 내딛는 발자국 하나에서 비롯된다. 다만 그 발걸음을 얼마나 여유롭게 그리고 꾸준히 하느냐에 꿈을 버리느냐 혹은 이루느냐가 달려있다.

페이스북을 나는 좋아한다. 나의 흔적을 기록하기에 이만한 게 없어서다. 그리고 다른 이유가 하나 더 있다. 좋은 말을 많이 볼 수 있기 때문에 그렇다. 내가 생각하지 못한 것들을 이야기해주는 좋은 말들을 모아놓은 페이스북 게시물을 보면 얼른 친구 신청을 하고 그곳에서 게시되는 이야기들을 스크랩하고 반성하며 개선하는 건 나의 취미 중 하나다.

언젠가 그런 페이스북 게시물에서 만화 〈짱구는 못말려〉의 아빠가 했다는 대사를 모아놓은 게시물을 보았다. 그중 첫 번째는 이런 내용이었다.

꿈은 도망가지 않아.

도망가는 것은 언제나 자신이야.

이 문구를 보고 나서 이런 생각이 들었다. '맞다. 꿈은 절대 도망가지 않아. 꿈이 무슨 죄야. 꿈을 제멋대로 만들어놓고 그 꿈에 대한 별다른 노력도 없이 징징대는 인간이 죄가 있는 거지.'

꿈은 늘 거기에 그렇게 있었음에도 그 꿈을 바라만보고 다가서지 못했던 수많은 시간들이 머리에 떠올라서 스스로에게 민망해졌다. 죄 없는 꿈이 아니라 꿈 때문에 몸과 마음이 피곤해진다고 하는 내가 부끄러워졌다.

하지만 그 한편으로 이런 생각도 들었다. '꿈은 꿀 수 있어. 그건 나의 자유야. 꿈을 꾸는 것만으로도 오늘 하루를 살아감에 있어 힘이 된다면 그건 나쁘지 않아. 꿈을 이루기가 힘들어질 땐 새로운 꿈을 꾸는 건 또 어때?'

결론이 내려졌다.

'그래, 꿈으로부터 가끔 도망치는 것도 괜찮은 일이야.'

나는 오늘도 나의 꿈을 찾으면서 한편으로 도망가기도 한다. 그게 삶의 소소한 재미가 아닐까.

너에게 들리지 않으면 안 되는 말, '사랑해'

사랑의 생각은 나의 마음에 주어진 특권이다.
그 특권을 실현하는 것은 내 입으로 표현하는
사랑의 말이다.

〈너의 목소리가 들려〉

몇 년 전 TV 드라마의 제목이다. 이때 OST로 사용된 노래가 있다. 가수 신승훈의 노래인 '너에겐 들리지 않는 그 말'이다. 주인공들이 서로 다가설 수 없는 아픈 상황과 그 속에서 한층 깊어진 인물들의 감성을 잔잔히 보여주는 서정적인 노래였다. 감성적인 신승훈의 노래만큼 가사 역시 아름다웠다.

아래는 노래의 가사 일부다. 괄호 안을 채워보자. 무슨 말이 들어가야 할까.

언제부터였는지
어디부터 사랑인 건지

나를 버리고 어느새
너에게로 물들어

이제 나는 너여야만 하는데

너는 들리지 않니
세상 모두 아는 내 마음
다른 곳을 바라봐도

사랑 아니라 해도 난 괜찮아

너에겐 들리지 않는 그 말
(______)

정답은?

'사랑해'다.

이 노래를 좋아한다. 편하게 들리는 가수의 목소리가 좋다. 하지만 노래의 가사는 마음에 들지 않는다. 아니 '마음에 들지 않는다'기보다는 '가사처럼 커뮤니케이션하면 문제 아닌가?' 하는 생각이 든다.

나의 말은 상대방에게 '들려야' 한다. 들리지 않는 말은 모두 헛것일 뿐이다. 내가 상대방을 사랑한다면 사랑한다고 말해야 하는 것은 용기다. 자신에 대한 용기요, 상대방에 대한 배려다. 특히 나와 상대방의 '시간'에 대한 예의이기도 하다. 이러지도 저러지도 못한 상황이라면 시간의 순간마다 매듭을 져야 할 순간이 있는데, 특히 사랑 등의 경우라면 그 시간을 놓치는 것은 말의 힘을 약하게 만드는 실수다.

우리는 문득 사랑의 말을 해야 할 시기를 놓친다. 그리고 아쉬워한다. 물론 사랑의 생각은 나의 마음에 주어진 특권이다. 그러니 그 생각을 표현하고 말고는 자신이 알아서 할 일이다. 다만 사랑이라는 특권을 자신의 일상에서 실현하고 싶다면 반드시, 정말로 반드시 내 입으로 표현하는 용기가 필요하다.

누군가를 지금 사랑하고 있는가. 그렇다면 사랑의 상대방에게 나의 사랑한다는 생각이 들리도록 말해보자. 지나친 서두름만큼 안이한 기다림도 사랑의 현장에선 문제가 되니 말이다. 상대방을 사랑하는 나의 생각이 그저 신승훈의 노래 가사처럼 '너에게 들리지 않는 말'이 되지 않도록 지금 용기를 내어 말하자.

"사랑해."

사랑은 둘 다를 선택할 수 있는 힘이다

눈에 보이는 모든 것을 사랑할 것!
그게 무엇이든지간에.

"엄마가 좋아? 아빠가 좋아?"

아이들이면 한 번쯤은 들었을 부모님의 질문이다. 이 물음에 대답하긴 힘들다. 아빠를 선택하자니 늘 보는 엄마이니 후환이 두렵고, 엄마를 선택하자니 지금 당장 편의점에서 과자를 사줄 아빠의 지갑이 아쉽다. 이럴 땐 그냥 "둘 다 좋아요"라는 게 우문愚問에 대처하는 현명한 답이다.

『안나 카레니나』라는 소설이 있다. 이 소설, 사실 좀 헷갈린다.

도대체 누가 주인공인지, 왜 제목이 '안나 카레니나'인지 도대체 알 수가 없을 만큼 등장인물도 많고 사건들도 많이 일어난다. 하지만 천천히 여유를 두고 읽어나가면 마지막에는 왜 제목이 '안나 카레니나'일 수밖에 없는지 알게 된다. 한편으로 불꽃같은 안나 카레니나의 사랑에 대한 열정이 과연 내겐 있었나 하는 아쉬움도 들고.

소설 속의 주인공인 안나는 사랑을 할 줄 아는 사람이다. 연인이 된 남자와의 관계뿐만이 아니라 일상에서도 마찬가지였다. 소설 속의 한 장면이다.

> 레빈 : 어때, 저 앤 시험에 붙었니?
>
> 안나 : 거뜬히 붙었어요. 저 앤 굉장히 재주가 있고 성질이 착해요.
>
> 레빈 : 그런 말을 하는 걸 보니, 넌 결국 네 아이보다 저 앨 더 귀여워하게 되는 거 아닐까.
>
> 안나 : 남자들은 모두 그런 말씀이나 하고 있지요. 애정에 많고 적고가 어디 있어요. 딸은 한쪽의 애정으로 사랑하는 거고 저 앤 또 다른 한쪽의 애정으로 사랑하는 거예요.

'애정에 많고 적고가 말이 되느냐'는 주인공 안나의 말이 사랑에 대한 나의 생각에 무언지 모를 울림을 준다. 나는 결정의 순간에 하나만을 선택하려고 했다. 선택만이 있는 게 아니라 모두 다 취하면서도 얼마든지 자신의 삶을 충만하게 할 수 있음에 대해 고민하지는 않았다. 한쪽만 선택하겠다는 자신의 게으름에 대해서는 보지 못하면서, 선택을 하지 않게 되는 것에 대한 부정적인 요소들만 찾아내고 또 만족해한다.

바쁘다고, 힘들다고, 괴롭다고, 시간이 부족하다고 우리는 누군가에게 사랑을 주는 데에 게으른 것은 아닐까. 누군가의 잘못을 찾아내어 그것을 배제하는 일엔 익숙할 뿐 장점을 발견하여 포용하고 또 함께하는 삶을 누리는 데에는 실패하고 있는 것은 아닐까.

이제 부모님이 던지는 '엄마가 좋아, 아빠가 좋아'라는 질문에 어떻게 대답해야 할지 말할 수 있을 것 같다. 일단 그런 질문을 던지는 엄마, 아빠에게 도대체 이해가 안 된다는 표정을 지은 후에 말이다.

"저는 모두를 좋아할 수 있어요. 엄마도, 아빠도."

사랑은 둘 다를 선택할 수 있는 힘이다.

일인칭 관찰자 시점으로 살면 돼

우리는 일생을 통해 삶을 배운다.
그러니 그저 존재하는 것에 만족하지 말고 잘 살아낼 것.

아주 가끔, 가깝다고 생각했던 사람의 말에 상처를 받는다.

늘 있는 일이라고, 그 정도는 버텨야 한다고 쉽게 생각하는 사람도 있겠지만 막상 닥쳐보면 그게 얼마나 힘든지 알게 된다. 누군가는 이런 상황에 처했을 때 이렇게 생각하라고 나에게 조언을 했다.

네가 나에 대해 어떻게 생각하든 상관없어.
나는 네가 아닌 나의 부모님에게 태어났으니까.

맞다. 나를 평가하는 누군가의 한마디로 나의 가치를 평가받을 필요는 없다. 나는 그의 부모가 아닌 나의 부모님한테 태어난 사람이니 말이다. 밥벌이의 현장에서 어쩔 수 없이 누군가의 말에 복종한다고 하더라도 그건 밥벌이의 현장에서 지켜야 하는 일종의 규율로서 받아들이는 것일 뿐 그것을 밥벌이와 관계없는 나에 대한 가치 평가라면 그냥 무시하는 여유가 필요하다.

물론 무작정 내가 삶의 주인이라는, 그러니 마음대로 하겠다는 태도도 문제다. 나는 나를 잘 볼 수 있어야 한다. 내가 주인공이라는 생각에만 사로잡혀 오히려 나의 잘못된 본능이나 문제 많은 행동을 스스로 덮어서는 안 된다. 그리고 사실, 내가 나의 모든 삶의 주인공이 되는 것만큼 피곤한 것도 없다. 그러니 모든 걸 나의 책임으로 돌려야 하는 팍팍함에서 벗어나는 방법을 찾아내는 것도 삶을 그럭저럭 잘살 수 있게 하는 방법이다.

바쁘게 살면서도 늘 고민에 빠져 살았던 게 바로 나였다. 남들은 나에게 잘 살고 있다고 했지만 정작 나는 나 자신을 급하게 몰아붙이면서 일상의 즐거움을 느끼지 못하게 하고 있었다. 그때 한 친구를 만났다. 그가 충고했다.

"일인칭 관찰자 시점으로 살면 돼."

무슨 소리지. 의아해하는 나에게 그 친구는 이렇게 말했다.

"나는 가끔 하나님에게 물어봐. 먼저 하나님 앞에서 겸손해지는 거지. 그분의 전지적 작가 시점에 대해 궁금하기도 하고. 내가 과연 오늘의 주인공이 될 수 있는지 물어보는 거지. 어느 날이었어. 응답을 받았다고 해야 하나. 그분이 말씀하셨어. '이제는 일인칭 주인공 시점을 벗고, 일인칭 관찰자 시점으로 사는 건 어떨까?' 너무 자신을 혹사시키지 말고 이젠 차분히 너 자신을 살펴보렴."

일인칭 관찰자 시점으로 살아라! 나를 살펴봤다. 나, 지금 무엇을 하고 있는 거지. 내가 지금 보는 거, 생각하는 거, 만지는 거 모두 나에겐 어떤 의미가 있는 걸까. 내가 그것들에 대해 잘 살펴본 적이 있었을까. 나의 행동 하나하나, 나의 생각 하나하나를 소중히 여기고 예뻐하고 보듬어준 적이 있었을까. '일인칭 관찰자 시점으로 살면 돼'라는 친구의 말을 이제 내 삶의 생훈生訓으로 삼고자 한다.

The table

더 테이블

2018. 2. 26. 1판 1쇄 인쇄
2018. 3. 5. 1판 1쇄 발행

지은이 | 김범준
펴낸이 | 이종춘
펴낸곳 | BM 주식회사 성안당
주소 | 04032 서울시 마포구 양화로 127 첨단빌딩 5층(출판기획 R&D 센터)
10881 경기도 파주시 문발로 112 출판문화정보산업단지(제작 및 물류)
전화 | 02) 3142-0036
031) 950-6300
팩스 | 031) 955-0510
등록 | 1973. 2. 1. 제406-2005-000046호
출판사 홈페이지 | www.cyber.co.kr
ISBN | 978-89-315-8221-5 (03810)
정가 | 15,000원

이 책을 만든 사람들
기획 · 편집 | 백영희
교정 | 조혜정
표지 · 본문 디자인 | 박소희
홍보 | 박연주
국제부 | 이선민, 조혜란, 김해영
마케팅 | 구본철, 차정욱, 나진호, 이동후, 강호묵
제작 | 김유석

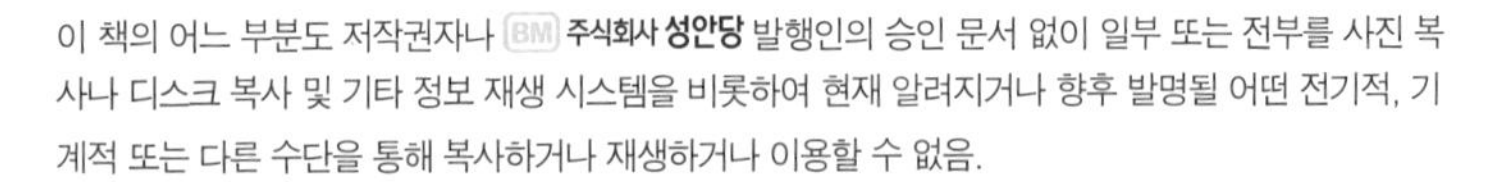

● 잘못된 책은 바꾸어 드립니다.

■ 도서 A/S 안내

성안당에서 발행하는 모든 도서는 저자와 출판사, 그리고 독자가 함께 만들어 나갑니다.
좋은 책을 펴내기 위해 많은 노력을 기울이고 있습니다. 혹시라도 내용상의 오류나 오탈자 등이 발견되면 "좋은 책은 나라의 보배"로서 우리 모두가 함께 만들어 간다는 마음으로 연락주시기 바랍니다. 수정 보완하여 더 나은 책이 되도록 최선을 다하겠습니다.
성안당은 늘 독자 여러분들의 소중한 의견을 기다리고 있습니다. 좋은 의견을 보내주시는 분께는 성안당 쇼핑몰의 포인트(3,000포인트)를 적립해 드립니다.
잘못 만들어진 책이나 부록 등이 파손된 경우에는 교환해 드립니다.